Claude Crépault

Eurydice Reinert

Ève et Adam au XXIe siècle

Une fabuleuse odyssée

(Roman)

Euryuniverse éditions

Dépôt légal : Septembre 2015

ISBN : 978-2-3-6331-133-7

EAN : 9782363311337

www.euryuniverse.net

Claude Crépault, Ph. D.

Professeur honoraire

Département de sexologie

Université du Québec à Montréal

Claude Crépault est Québécois, et vit à Montréal. Professeur honoraire à l'Université du Québec à Montréal, il y a enseigné pendant 35 années. Il a également publié plusieurs livres en psychologie, et plus spécialement en sexologie, auprès de diverses maisons d'édition telles Odile Jacob, Payot, Presses de l'Université du Québec, Presses universitaires de France.

Professeur à l'université du Québec à Montréal de 1969 à 1971 au département de Psychologie.

Professeur à l'université du Québec à Montréal de 1971 à 2004 au département de Sexologie.

Professeur titulaire (1980-2004).

Professeur honoraire (depuis 2004).

Directeur du Département de Sexologie (UQAM) 1975-1979.

Directeur des études avancées du Département de Sexologie (UQAM) 1983-1987.

Distinctions, prix et autres

1. Boursier du Conseil des Arts du Canada (études doctorales), 1968-1970.

2. Fellow de la Society for the Scientific Study of Sex.

3. Cofondateur du département de sexologie de l'Université du Québec à Montréal.

4. Membre du Comité de Rédaction des Cahiers de Sexologie Clinique (France).

5. Président fondateur de l'Institut international de sexoanalyse et de l'Institut européen de sexoanalyse. Président organisateur des Séminaires internationaux de sexoanalyse (Espagne, 1997; Tunisie, 1999; France, 2001; Italie, 2003 ; Canada, 2005 ; Suisse, 2007; Belgique, 2009 ; France, 2011; Italie, 2013).

6. Prix Chalumeau Senior, 1989 (Université de Genève).

7. Membre du Comité scientifique international de la Revue Européenne de Sexologie Médicale (Sexologies), France, 1994-2011.

8. Membre titulaire de l'AIHUS et de l'Association des Sexologues cliniciens francophones (ASCLIF).

9. Titre de Confrère émérite, Association des sexologues du Québec, juin 1997.

Bibliographie

1. DESJARDINS, J.-Y., CRÉPAULT, C. (1969). *Le mythe du péché solitaire.* Montréal, Éditions de l'Homme. 127 p.

2. CRÉPAULT, C., GEMME, R. (1975). *La sexualité prémaritale.* Sainte-Foy, Presses de l'Université du Québec, Sillery, 205 p.

3. CRÉPAULT, C., DESJARDINS, J.-Y. (1976). *La complémentarité érotique.* Ottawa: Novacom, 136p.

4. CRÉPAULT, C., LEVY, J.J. (1978). *La sexualité humaine : fondements bioculturels.* Sainte Foy, Presses de l'Université du Québec, 130 p. (Traduction italienne: La sessualità umana, Edizioni International CIC, 1982).

5. CRÉPAULT, C., LEVY, J.J., GRATTON, H. (dir.) (1981) : *Sexologie contemporaine.* Sainte-Foy, Presses de l'Université du Québec, 422 p.

6. DESJARDINS, J.Y., CRÉPAULT, C. (1981). *Les corps érotiques.* Montréal, Éditions Héritage, 127 p.

7. CRÉPAULT, C. (1981). *L'imaginaire érotique et ses secrets.* Sainte-Foy, Presses de l'Université du Québec, 263 p.

8. CRÉPAULT, C. (1986). *Protoféminité et développement sexuel: essai sur l'ontogenèse sexuelle et ses vicissitudes.* Sainte-Foy, Presses de l'Université du Québec, 183p. (Traduction italienne: Dal seme di eva, Franco Angeli Libri).

9. PASINI, W., CRÉPAULT, C. (1987) : *L'imaginaire en sexologie clinique,* Paris, Presses Universitaires de France (collection Nodules), Paris. (Traduction italienne: L'imaginario sessuale, Raffaello Cortina Editore, 1988).

10. CRÉPAULT, C., TREMPE, J.P. (dir) (1989), *Nouvelles avenues en sexologie clinique.* Sainte-Foy, Presses de l'Université du Québec, Sillery. (Traduction espagnole: Nuevos lineas en sexologia clinica, Revista de sexologia, 1993, no 57 et 58).

11. CRÉPAULT, C. (1997) : *La sexoanalyse.* Paris: Payot, 423 p. (Petite bibliothèque Payot, no 642, 2007). Trad. Italienne, Franco Angeli, 2008.

12. CRÉPAULT, C., CÔTÉ, H. (dir.) (1999) : *Imaginaire et sexoanalyse*. Montréal : Éditions I.R.I.S., 231p.

13. CRÉPAULT, C., LÉVESQUE, G. (dir.) (2001). *Éros au féminin, Éros au masculin*. Sainte-Foy, Presses de l'Université du Québec, 199 p.

14. CRÉPAULT, C. et J. LÉVY (dir) (2005). *Nouvelles perspectives en sexoanalyse*, Sainte-Foy, Presses de l'Université du Québec, 189 p.

15. CRÉPAULT, C. (2007). *Les fantasmes, l'érotisme et la sexualité*. Paris, Odile Jacob, 240 p. (Format de poche, no 292, 2011.

16. Crépault, C. (2013). *La sexualité de l'homme : une exploration sexoanalytique*. Paris, Odile Jacob.

L'auteur a également écrit plus d'une cinquantaine d'articles scientifiques dont voici quelques titres :

1. CRÉPAULT, C. (1972). La révolution sexuelle reconsidérée. *Maintenant*, Vol. 117, pp. 16-20 (article reproduit dans le livre de John Burt et Linda Brower: *Education sexuelle,* Holt, Rinehart & Winston, 1973, pp. 373-381.

2. CRÉPAULT, C. (1972). Sexual phantasies and visualization of pornographic scenes. *Journal of Sex Research*, Vol. 8, pp. 154-155.

3. CRÉPAULT, C. (1973). Préface du livre du Dr. Paul-André Boileau: *La redécouverte du langage corporel*. Éditions Leméac.

4. CRÉPAULT, C. (1974). Notes sur l'éducation sexuelle, les modèles d'apprentissage et leurs applications à la sexualité humaine, in J.-M. Samson (Ed.) :

L'éducation sexuelle (pp. 113-115). Montréal : Gué-
rin.

5. CRÉPAULT, C., DESJARDINS, J.Y., ISABELLE, C.
    (1975). Contribution à l'étude du fétichisme érotique.
    Cahiers de Sexologie Clinique (France), Vol. 1, No. 5,
    pp. 469-480.

Voir son site Internet pour accéder à l'intégralité des informations disponibles à son sujet :

http://www.sexoanalyse.com

Eurydice Reinert, auteure-conférencière, poétesse, roman-cière, essayiste, parolière et conteuse, membre de la SA-CEM et de la SOFIA.

Biographie

Eurydice Reinert Cend est née au Bénin en 1969.

Elle obtint le baccalauréat à New-York, U.S.A., où elle séjourna pendant 3 ans et réside en France depuis 1991.

Titulaire d'un DESS en Communication Multimédia et d'une maîtrise en Business Management, elle écrit depuis l'âge de quatorze ans et explore divers genres littéraires dont la poésie, le conte, la nouvelle, le roman et l'essai… Eurydice Reinert Cend a publié plus d'une vingtaine de livres depuis 2005.

Auteur-conférencière, elle est également membre des asso-ciations littéraires suivantes : **l'ADILL**, la **Sofia, la Société des Auteurs Francophones. Parolière**, Eurydice Reinert est aussi membre de la SACEM.

Elle a été choisie en tant que membre du jury de **la Fonda-tion SNCF** pour la lutte contre l'illettrisme de 2012 à 2014.

Voir son site Internet pour plus d'information concernant ses œuvres littéraires et sa revue de presse :

http://euryuniverse.wix.com/euryuniverse

Bibliographie

Aux éditions Euryuniverse :

- *Les amazones du Knoryl, Souviens-toi, Vol.2 (roman), 2015*
- *Les amazones du Knoryl, L'escapade rituelle, Vol.1 (roman), 2014*
- *Traits d'union (poèmes), 2014*
- *Sous le baobab, écoute : Contes et légendes d'Afrique Vol.2, 2012*
- *Baudelaire est mort, vive le poète, (livret d'opéra), Euryuniverse éditions, juin 2012*
- *Maman, comme un doux chant*, (recueil de poèmes), 2012
- *Pourquoi moi ?* (roman), 2011
- *Sous le baobab, écoute* : Contes et légendes d'Afrique Vol.1, 2010
- *L'impérissable quête Vol.2 : L'héritage de Yohanan*, (roman), 2010
- *L'impérissable quête Vol.1 : M'aimeras-tu ?* (roman), 2010
- *Le droit d'aimer*, (roman), décembre 2008
- *Parfums d'éternité*, (recueil de poèmes), novembre 2007
- *Elle, Ode à la femme et à l'amour,* octobre 2007
- *N'ayons pas peur*, (essai spirituel), octobre 2007
- *Contes d'aujourd'hui et de toujours*, novembre 2007
- *La vie en poésie*, (recueil de poèmes pour la jeunesse), novembre 2007, réédité en novembre 2009
- *Renaissance dans le CHRIST*, (témoignage), 2006
- *Les chansons d'Eurydice*, (recueil de poèmes), 2006
- *L'œil*, (recueil de poèmes), 2005

- *Pépé Reinert, un centenaire visionnaire*, (biographie), 2003
- *L'abécédaire de l'Amour pour Elle*, (guide relationnel), novembre 2009
- *L'abécédaire de l'Amour pour Lui*, (guide relationnel), novembre 2009

www.euryuniverse.net

Avant-propos

Claude Crépault

Depuis longtemps, je rêvais d'écrire un roman, de laisser aller plus librement mon imaginaire. J'ai fait connaissance avec la poétesse et romancière française Eurydice Reinert. J'ai aimé à la fois son style d'écriture et sa personnalité. Je lui ai proposé d'écrire un roman en duo, via Internet. Elle a accepté ma proposition. Nous avons établi une belle complicité littéraire. Chacun écrivait quelques pages et l'autre complétait.

Eurydice Reinert

Une expérience unique s'est offerte à moi à travers ce projet d'écriture. Il m'a permis de vivre la réalité consistant à écrire une histoire intéressante à deux, sans s'être vraiment rencontrés, ailleurs, que sur l'Internet, par voie exclusive d'emails. Il m'a également ouvert l'esprit sur la façon dont un homme aborde certains concepts de la vie et, peut-être aussi, sur le raisonnement masculin, par l'écrit. Deux styles différents, deux façons de voir les choses, deux sensibilités spécifiques se sont donc adaptées pour donner vie à ce roman, en vue d'en extraire le meilleur.

Voici le résultat de cet écrit à 4 mains, autour d'une histoire portée sur les origines éventuelles de l'homme et de la femme. Un voyage dans l'espace et dans le temps, aux confins de l'imagination, qui invite chacun à revisiter sa conception de ce que l'on savait à ce sujet, jusqu'à présent.

1.

Rencontre inattendue au parc Monceau

Sous un soleil un peu frileux, Adam erre paisiblement dans le parc Monceau à Paris en ce 15 mai 2015. Marcel Proust, ce grand romancier français, aimait également s'y promener, et ce fut sans doute pour lui une source d'inspiration. Un parc qu'Adam n'a pas revu depuis plus de vingt ans. Et pourtant, c'est dans ce même lieu enchanteur qu'il s'était déjà longuement interrogé sur la genèse de l'humain, et plus spécialement sur les origines de l'homme et de la femme. En tant qu'universitaire, il connaît assez bien les théories évolutionnistes et cosmologiques, entre autres, l'hypothèse du *big bang,* cette grande explosion survenue il y a environ 15 milliards d'années. Néanmoins, une force intérieure le pousse à croire à l'existence d'une puissance divine génératrice de ce phénomène appelé *big bang*. Dans son esprit, il y a indubitablement un chaînon manquant. Adam connaît aussi le récit de la création présenté dans la Bible. Il sait que la plupart des croyants, qu'ils soient chrétiens, hébraïques ou musulmans, adhèrent en bonne partie aux énoncés de l'Ancien Testament. Une chose le préoccupe particulièrement, toutefois : l'origine de la différenciation sexuelle. Quel est le sexe originel ? Le mâle ou la femelle, l'homme ou la femme ? Les théories évolutionnistes n'ont pas encore élucidé ce mystère. Et, dans la Bible, on y retrouve deux récits : un premier où on apprend que l'homme et la femme sont produits simultanément « Mâle et femelle, il les crée. » ; un deuxième récit où il est dit qu'Ève provient d'une côte prise à Adam. Une rencontre avec le Créateur pourrait tellement éclairer Adam. Mais comment peut-il faire ? Chose sûre, il doit avoir foi en ce Créateur. De plus, il ne souhaite pas vraiment aller seul à ce rendez-vous. Pouvoir le faire en compagnie d'une Ève, d'un être complémentaire au sien, serait sûrement l'idéal, se plaît-il à rêver.

Ce qu'Adam veut aussi mieux comprendre, c'est l'évolution des relations entre les femmes et les hommes. Amateur du jeu d'échecs, Adam s'est depuis longtemps interrogé sur la place de la Reine et du Roi. Pourquoi dans ce jeu symbolique le Roi a-t-il un tel besoin d'être protégé ? Pourquoi la Reine y fait-elle figure de pièce maîtresse ? Est-ce symbolique d'une mythologie ancienne dont la forte influence serait parvenue jusqu'à l'époque contemporaine ?

Sans trop d'empressement, Adam s'assoit sur un banc du parc Monceau, tout près d'un arbre majestueux, pour mieux savourer le contraste entre l'ombre et le soleil. La matinée est encore jeune, et il n'y a que très peu de personnes. Adam a l'impression d'être dans le jardin d'Éden. Quel merveilleux sentiment de plénitude ! À quoi bon vouloir comprendre les origines du monde dans un tel état de sérénité ! Le temps passe, doucement, inévitablement, sans vouloir se presser. Soudain, une femme vient s'installer sur un banc, presque en face de celui d'Adam, tandis qu'il se laisse aller à cette sensation de bien-être ambiante. Elle a un teint basané, ce qui laisse croire à Adam qu'elle est possiblement d'origine africaine. Cette femme affiche une belle prestance. Début quarantaine, tout au plus. Adam la voit fouiller dans sa grande sacoche pour en sortir un livre. Elle ouvre celui-ci vers le milieu, et elle se met à le lire attentivement. Il est avide de connaître l'auteur et le titre de cet ouvrage. Le plus discrètement possible, il se concentre sur la première page de couverture et repère un nom : Gorki. Serait-ce Maxime Gorki, le fameux écrivain russe dont Adam a déjà passionnément lu les écrits au cours de sa jeunesse ? Quelques minutes s'écoulent avant qu'Adam n'aperçoive finalement le titre du livre : *La Mère*. À n'en point douter, c'est bien *La Mère* de Maxime Gorki : un ouvrage qui raconte l'histoire d'une femme qui s'impliqua dans le mouvement révolutionnaire russe, après l'assassinat de son fils. Adam en est pour le moins étonné. Pourquoi cette femme installée tout près de lui lit-elle *La Mère* ? Serait-ce pour se convaincre de la puissance de la mère ? Serait-ce pour mieux faire le deuil de son propre manque de mère ? Ou, plutôt, dans l'unique but d'activer une éventuelle lutte féministe ?

Adam observe cette femme plus attentivement. Une jolie femme comme il en existe plusieurs, mais celle-ci dégage étonnamment une puissante force intellectuelle et affective. Sans trop savoir pourquoi, il se met spontanément dans un état de conscience quelque peu altéré, puis il tente de communiquer avec l'inconscient de cette inconnue. La tentative échoue lamentablement. Les rencontres sont souvent accidentelles, mais, parfois, on en trouve qui débordent largement le hasard. Adam a soudain l'intuition que le destin lui offre une possibilité de comprendre l'un des insaisissables mystères des origines. L'une de ses quêtes primordiales serait-elle sur le point d'être assouvie ? se demande-t-il alors, subitement revenu à la réalité. Une fébrilité inexprimable s'empare de tout son être, et il ressent intensément la nette impression de se trouver à un moment clé de son existence, au milieu de ce parc public dans lequel il s'est aventuré, au départ, sans but particulier.

Cette femme d'en face a été baptisée en Afrique sous le prénom de Mawa, mais sa mère, une chrétienne pratiquante, préférait l'appeler Ève. Elle est venue au parc Monceau dans l'espoir d'oublier les petites misères de la vie quotidienne. Elle s'y est rendue en quête d'un moment de solitude, de tranquillité, d'apaisement intérieur. Elle n'a pas toujours eu une vie facile, surtout pendant son enfance. Et en tant que femme, elle a inévitablement subi certains impacts nocifs de la culture patriarcale. Elle croit fermement à la complémentarité entre la femme et l'homme, entre le féminin et le masculin. Et tout comme Adam, elle cherche depuis longtemps à comprendre les origines de la femme et de l'homme. Pourtant, ils ne sont là que deux inconnus perdus dans un espace restreint, agréablement délimité par l'enceinte de ce magnifique jardin public.

Ève s'est assise sur un banc, en plein soleil, elle qui adore se sentir inondée par ses doux rayons lumineux, emplis de chaleur.

Elle ne s'est pas rendu compte de la présence de l'homme assis en face d'elle. En fait, elle cherchait simplement une place au soleil et elle semble l'avoir trouvée, bien que cet arbre gigantesque en face d'elle, sans lui faire ombrage, accentue sa sensualité sans qu'elle le réalise vraiment. Dans ce coin du parc soustrait à la convoitise des promeneurs, Ève dévore paisiblement son livre, comme d'autres du petit-lait. C'est comme si elle s'abreuvait du nectar maternel. Cet auteur, Maxime Gorki, elle ne le connaissait pas beaucoup. Elle avait acheté ce livre surtout à cause de son titre ; elle espérait alors pouvoir y découvrir de nouvelles choses sur les archétypes maternels.

Brisant l'équilibre du moment, un oiseau vient se percher tranquillement sur une branche de l'arbre planté en face du banc d'Ève. Un oiseau au plumage arc-en-ciel avec des yeux très grands. Ève le regarde instantanément au son du doux bruissement d'ailes qu'il émet au passage. Elle n'avait jamais vu un tel spécimen de toute son existence. Elle fixe son regard sur lui, naturellement intriguée, et une forte émotion l'envahit soudainement. Ève se sent comme envoûtée, dès lors. Elle a l'étrange impression que cette créature vient d'un lieu inconnu, d'un autre monde. Cet oiseau est incontestablement d'une beauté incroyable. En plus de son plumage multicolore, Ève remarque que l'un de ses yeux est brun foncé et l'autre bleu. Serait-ce une créature céleste ?

De son côté, Adam se contente de se satisfaire autant que possible du sentiment de bien-être qui l'habite, malgré la venue de cette inconnue qui l'interpelle fortement. D'où il est assis, il ne peut voir l'oiseau. Tandis qu'il ramène à nouveau son regard vers Ève, il s'étonne de la voir dans un état de quasi-catatonie. Adam s'étonne encore plus de voir ses yeux étrangement illuminés. Il se demande instantanément ce qui se passe. Jamais, au cours de son existence, il n'a vu un tel phénomène, sauf chez certaines personnes se trouvant dans un état délirant de folie. Il trouve pour le moins étrange ce comportement nouveau qu'il remarque chez Ève.

Mais avant qu'Adam n'ait eu le temps de s'interroger davantage, l'oiseau vient se percher sur son propre banc. Il s'en trouve tout émerveillé, à son tour. Lui non plus n'avait jamais vu un tel oiseau auparavant. Pour ne pas le faire fuir, Adam l'observe silencieusement, sans bouger. L'homme qui s'intéresse aux origines de la différenciation sexuelle se demande alors, un peu naïvement, peut-être, s'il s'agit d'une femelle ou d'un mâle. Il tourne encore la tête vers Ève et constate que son regard est toujours fixé sur l'oiseau. Adam comprend enfin pourquoi Ève se trouve dans un tel état de fascination. Et l'incroyable se produit soudain, là, sous leurs yeux ébahis. Nullement effarouché, l'oiseau qui semble surgir d'un autre monde vient se percher superbement sur l'épaule d'Adam. N'ayant jusque-là regardé Adam que d'une façon très discrète et plutôt désintéressée, Ève éprouve à présent le net désir de savoir qui est cet homme, et pourquoi l'oiseau fabuleux est allé se percher sur son épaule. Cet homme, dont elle ne connaît pas encore le prénom, semble avoir les yeux bleus. Évidemment, elle sait qu'elle-même a les yeux brun foncé. Son cerveau s'agite instantanément et, rapidement, elle fait un lien par rapport à cet oiseau fascinant doté d'un œil brun foncé et d'un œil bleu. Ève est pour le moins abasourdie.

Mue par une force incontrôlable, elle se lève subitement de son banc pour aller à la rencontre d'Adam et de l'oiseau. Aussitôt sur ses pieds, Ève voit l'oiseau quitter l'épaule d'Adam pour aller se percher sur le dossier du banc, à nouveau, comme pour céder sa place à cette femme. Quelques mètres seulement séparent les deux bancs publics. Pourtant, cette distance apparaît alors à Ève comme interminable. Dans de telles situations affectivement chargées, les secondes d'attente se transforment bizarrement en plusieurs éternités.

Adam regarde Ève s'approcher de son banc, d'un air presque incrédule. Elle a fière allure. Son corps est bien proportionné. Sa robe aux couleurs éclatantes suggère une certaine légèreté d'être. Ses lèvres pulpeuses accentuent davantage sa sensualité. Adam aime les formes féminines et les femmes sensuelles. Mais, ce qui le frappe le plus en cet instant, ce sont les yeux d'Ève, des yeux vivants en quête de découvertes, des yeux qui ont fait le deuil des avatars du passé et qui semblent résolument plongés dans le présent, tout en étant orientés vers l'avenir.

Silencieuse, Ève s'assoit à côté d'Adam, tout près de l'oiseau enchanteur. Instant étrange, tout à fait magique, où rien ne ressemble à ce qu'on s'imagine. On entend presque le son du néant. Et ils demeurent là, assis, dans un état de pur recueillement. Au bout d'un moment, le doux battement d'ailes de l'oiseau mystérieux les ramène finalement à la réalité. Ils se secouent presque simultanément alors pour se persuader qu'ils ne viennent pas de rêver. Le magnifique volatile décrit enfin une ronde majestueuse, très haut dans le ciel, au-dessus de leurs têtes, puis il s'évanouit vers l'horizon, dans l'espace lumineux du clair matin qui, radieux, l'accueille. Seulement alors Ève et Adam reviennent-ils l'un vers l'autre, après avoir suivi ensemble l'oiseau mystérieux dans son bel envol. Adam se présente le premier, sentant une gêne naturelle chez celle qui vient de s'installer pourtant, volontairement, à côté de lui :

- Bonjour, je m'appelle Adam, comme dans la Bible, ajoute-t-il aussitôt, comme pour se justifier de porter un tel prénom.
- Et moi, c'est Mawa sur mes papiers officiels, mais ma mère, je ne sais trop pourquoi, m'a toujours appelée Ève, étrangement ! Maintenant, tous mes amis m'appellent Ève. Enchantée de vous connaître… !

Un peu nerveux, Adam continue la conversation :

- Le plaisir est pour moi ! Quel drôle de coïncidence, ne trouvez-vous pas ? Adam et Ève installés côte à côte sur un même banc, dans ce magnifique parc public… et cet oiseau paradisiaque… ?

Un peu perplexe, Ève se contente d'une réponse quelque peu laconique :

- Je vous accorde volontiers que cette situation est tout sauf banale ! Enfin, disons qu'elle nous permet également d'échanger un peu.

Adam reste étonné de voir Ève lire un livre écrit par le grand maître russe Maxime Gorki. Il connaît bien cette œuvre magistrale.

- Je vois que vous lisez *La Mère* de Gorki, avance-t-il, curieux.
- Oui, j'aime les écrits qui me font découvrir d'autres horizons, tout en me permettant de m'instruire au passage, répond Ève.
- Et en quoi cet ouvrage-ci vous semble-t-il si instructif ?
- Par son sujet, tout simplement, sans oublier le fait que l'auteur est d'origine russe et que j'en apprendrai sûrement davantage à propos de certains us et coutumes de cette partie du monde qui m'intéresse fortement.

Adam ne peut que constater la grande soif de connaissances d'Ève. Elle ose même s'aventurer sur un thème aussi complexe que celui de la mère. Un thème qui la renvoie à son propre destin féminin. Ève ajoute :

- Oui, les filles deviennent femmes, mères, puis grands-mères, si elles ont la chance

d'arriver à ce stade dans leur vie, ce qui est rarement chose facile, même de nos jours.
- Être fille ou femme n'a jamais été évident, en effet !
- Encore moins à notre époque, malgré nos progrès sociaux phénoménaux. Bref, pour en revenir à notre sujet, la mère signifie tant de choses, que j'ai hâte de découvrir comment un homme a pu aborder et envisager un tel symbole.

Ève laisse passer un bref silence, puis elle souligne :

- Je suis curieuse de nature, je l'avoue, et il est vrai que j'aime véritablement chercher là où d'autres ne feraient que passer.

Adam ne peut s'empêcher alors de demander à Ève ce qu'elle pense de cet oiseau au plumage arc-en-ciel. Ève se contente d'une réponse brève :

- Un spécimen rare, apparemment ! Jamais encore je n'avais vu un si bel oiseau !

Ses énormes yeux de couleurs différentes le rendent encore plus extraordinaire, qui plus est.

- Bien entendu, je l'aurais admiré pendant longtemps encore, s'il ne s'en était allé peu après que je me sois approchée de votre banc. Je souligne au passage le fait qu'il a également choisi de se percher sur votre épaule, comme pour signifier quelque chose...

L'oiseau était-il une sorte d'entremetteur ? Adam évoque discrètement cette possibilité :

- Je ne puis m'empêcher de songer au fait que cet oiseau cherchait peut-être à nous réunir. Cela peut paraître ridicule à vos yeux, mais c'est l'intime conviction que j'en ai, murmure Adam dans un souffle à peine audible, comme s'il ne souhaite que se parler à lui-même.
- Vous croyez vraiment... ? l'interroge vivement Ève, comme pour se défendre d'avoir agi de façon aussi inhabituelle, en présence de cet inconnu.
- Tenez, il a fallu que l'oiseau se déplace vers moi pour que vous le suiviez

jusqu'à moi. Et puis, vos yeux sont bruns et les miens bleus, non ?

- Certes, oui ! Mais de là à en déduire une quelconque intention providentielle... je reste dubitative, même si tout cela m'interpelle fortement ! proteste Ève, de façon véhémente, même si en son for intérieur elle sait qu'il a raison sur tous ces points.

Adam change soudainement de sujet. Il aborde la question de la différence des sexes en faisant tout d'abord l'éloge de la désirabilité d'Ève :

- Je vous trouve rayonnante dans cette robe. Elle vous sied à ravir..., avance Adam, comme pour désamorcer cette résistance qu'il sent chez sa voisine.
- Oh, merci, j'aime les couleurs de la vie, car je suis une personne assez vivante et proche de la nature. Et vous, aimez-vous Dame Nature ?
- Oh, oui, autant que j'aime la femme, qui lui ressemble à nombre d'égards.

- La nature et la femme, une belle association d'idées en effet. Si vous m'en disiez davantage à ce propos... ?
- Tenez, elles sont toutes deux aussi surprenantes que mystérieuses. Elles donnent la vie, maternent ceux qui dépendent d'elles, chacune à sa façon. La nature, tout comme la femme, sait séduire et elle regorge d'ingéniosité, aussi, afin que la vie puisse se frayer un chemin à travers elle ! Ce sont les deux grandes matrices de notre Terre ! s'exclame Adam, visiblement heureux d'avoir su éveiller, malgré tout, l'intérêt de cette femme ravissante.
- Et pourtant elles sont si souvent blessées, à tort ! Lui rappelle Ève, pensive.
- Je vous l'accorde, volontiers.

Ève est de plus en plus intriguée par le personnage assis à ses côtés. Elle veut en savoir un peu plus à son propos, mais en faisant état, dans un premier temps, de la perception qu'elle a de lui :

- Et vous, quel genre d'homme êtes-vous ?
Non, attendez, mon intuition me dit que

vous êtes plutôt de ceux qui aiment croquer la vie à pleines dents, sans vouloir l'avilir pour autant. Vous recherchez, il me semble, cette chose rare qui repose au cœur du mystère même de la vie et, cette quête dévorante qui vous habite, vous pousse toujours plus loin sur des sentiers inexplorés, parfois dangereux. Au moment même où je vous parle, vous vous demandez jusqu'où vous êtes capable d'aller pour assouvir cette quête et, surtout, quelle pourrait être ma part dans ce cheminement espéré… !

Adam ne peut qu'être impressionné par les talents d'Ève à décrypter ces facettes de son intimité affective. Néanmoins, un peu sur ses gardes, il répond :

- Touché ! Vous êtes véritablement douée pour ce genre de choses. Seriez-vous par hasard psychologue ou même psychanalyste ?
- Ni l'un ni l'autre. J'observe les gens et j'écoute ce que me dicte mon instinct à leur propos. Je peux me tromper, bien

entendu… mais bon, qui ne tente rien n'a rien !

Quelque peu déstabilisé, Adam essaie de reprendre le contrôle, en mettant à son tour Ève sur la défensive :

- Justement, puis-je vous poser une question indiscrète ?... se hasarde-t-il, voulant sonder un peu plus cette femme, qui l'intrigue fortement.
- Essayez toujours… !
- J'aimerais beaucoup savoir pourquoi vous ne portez pas un soutien-gorge.
- Drôle de requête, en effet, mais je vais y satisfaire. Voyez-vous, je déteste l'idée de me sentir comprimée dans des vêtements, et le soutien-gorge fait partie de ces accessoires hautement contraignants pour le corps. Je me sens véritablement mal à l'aise avec ce genre d'accoutrement, surtout avec celui à balconnet, censé mettre en valeur la poitrine féminine.

Adam est perplexe. Il ne sait pas trop que dire à cette femme qu'il connaît à peine. Il n'aime pas les conversations banales, les mots qui ne veulent rien dire. Il a tenté de provoquer Ève, en lui demandant pourquoi elle ne porte pas un soutien-gorge, mais elle lui a répondu comme une femme désireuse de jouir de sa pleine liberté quant à l'usage de son corps. Le soutien-gorge la prive en réalité de son aisance naturelle à se mouvoir, sans se sentir gênée par un accessoire encombrant qui satisfait davantage les convenances, vient-elle de lui confier. Pour Ève, il s'agit vraisemblablement d'une sorte d'étau qui l'oppresse bien plus qu'il ne lui procure du confort. Adam pense alors aux hommes qui, depuis des millénaires, cachent leur organe viril, le protège avec une sorte de soutien-pénis ou de cache-sexe, du moins dans les sociétés dites primitives. Est-ce une pudeur archaïque ou est-ce une façon de mettre à l'abri une partie du corps, qui a une nécessité vitale ? Certains grands penseurs de l'histoire ont eu tendance à dévaluer la femme. Freud, par exemple, laisse croire que les femmes sont des êtres incomplets, car elles ne possèdent pas de pénis et doivent faire le deuil de leur envie de posséder l'organe mâle pour parvenir à la maturité. Pourtant ces mêmes grands penseurs ont rarement affirmé que les hommes pouvaient envier les seins de la femme. Le pénis, surtout lorsqu'il est en érection symbolise, certes, la puissance phallique. Mais il n'en demeure pas moins que les seins incarnent une autre force, une autre puissance : celle de permettre l'allaitement et la perpétuation de l'espèce. Peut-être le soutien-gorge a-t-il été valorisé par des hommes dominants et jaloux, qui voulaient préserver la femme du regard des autres hommes concupiscents. N'empêche : Adam se dit que le soutien-gorge a tout de même permis à la femme d'activer son pouvoir sexuel, tout en préservant son pouvoir maternel.

Pendant ce temps, Ève se demande comment elle a pu se laisser aller à un tel degré d'intimité avec cet inconnu, en si peu de temps. Après tout, elle ne connaît rien de lui. Et, cette question plutôt embarrassante l'intrigue. Mais l'homme semble plutôt serein, et nullement sous l'emprise de cette fièvre jouissive, qui fait de certains hommes des prédateurs sans cesse à l'affût de nouvelles conquêtes.

Quelque chose d'indéfinissable dans le regard d'Adam le rend énigmatique aux yeux d'Ève et elle se demande, naturellement, qui se cache vraiment derrière celui qui vient de réussir à l'interroger à propos de ses seins, alors qu'ils se connaissent à peine. Plutôt grand et assez détendu, Adam semble avoir déjà dépassé la cinquante, sans paraître accuser le poids de l'âge, pour autant. Son visage aux traits fins et réguliers le rend particulièrement agréable, et la jeune femme se sent plutôt en sécurité en sa présence. Cette petite voix intérieure qui aime se manifester, de temps à autre, lui souffle qu'elle n'a rien à craindre de mal de la part de cet inconnu, sinon de tomber sous le charme discret mais puissant qui émane de sa personne.

Adam était serein avant l'arrivée de cette inconnue sur son banc. Tout comme elle, il a été mystifié par cet oiseau enchanteur. Mais l'oiseau est reparti, et l'étrangère est toujours assise à ses côtés. Bien sûr, il la trouve belle et charmante, mais il n'est pas venu dans ce parc dans l'espoir de nouer une nouvelle relation amoureuse. Des femmes, il en a connu plusieurs dans sa vie. Des femmes avec lesquelles la complicité sexuelle ne se doublait pas toujours d'une harmonie intellectuelle et affective. Des femmes sans lendemain, pourrait-on dire. Des désirs qui s'étiolent bêtement, après la jouissance. Et les deux seules femmes qu'il a vraiment aimées s'étaient envolées, à tour de rôle, tout simplement parce qu'elles désiraient un lien d'exclusivité qu'Adam ne pouvait leur assurer alors, en raison de son statut marital. Il était déjà marié et il se devait, du moins le croit-il, d'assumer ses paternités. Adam aimerait à nouveau rencontrer l'âme sœur, même s'il sait au fond de lui que la passion amoureuse est souvent la rencontre de deux manques. Pour l'instant, il se contente d'un seul vide, son propre manque, sachant en même temps qu'il aimerait établir une complicité aussi bien affective qu'intellectuelle avec une femme séduisante. Pourquoi a-t-il besoin qu'elle soit corporellement désirable à ses yeux ? Tout simplement parce qu'il aime les femmes attirantes. Il aimerait faire un long voyage avec l'une d'elles, afin de mieux sonder les origines de la féminité et de la masculinité. Mieux comprendre l'incompréhensible est pour lui une obsession. Ève pourra-t-elle l'aider dans cette démarche ? Pour ce faire, ils devront tout d'abord se faire mutuellement confiance. Mais pourra-t-il seulement s'établir, ce lien de confiance quasi inaltérable ?

Ils sont là, tous deux, perdus dans leurs réflexions solitaires, si près, l'un de l'autre, et à la fois si éloignés, dans ce moment fatidique où l'on hésite à s'engager plus avant vers l'autre, au cours d'une première rencontre. Pourtant, ce n'est pas le courage qui leur manque, l'un et l'autre étant habituellement des personnes responsables et volontaires, ayant véritablement les qualités requises pour aborder la vie avec audace et ardeur. Et si tout s'arrêtait là, maintenant ? S'ils ne devaient plus jamais se revoir, une fois la porte de ce beau parc franchi, après un simple adieu ? Cette question les effleure presque simultanément et une sensation de panique s'empare instantanément d'eux, les ramenant à la réalité de cette frustrante éventualité. Ève et Adam se tournent de nouveau l'un vers l'autre. Leurs regards émus s'interrogent en silence. Et, tandis qu'ils s'apprêtent à se parler, une fois de plus, pour reprendre le fil de leur conversation interrompue quelques minutes plus tôt, un petit garçon passe devant eux et s'écrie, émerveillé, en montrant l'horizon de son index droit :

- Maman, maman, regarde ! Un arc-en-ciel, là !

La mère accourt aussitôt et admire ce phénomène éblouissant à côté de son enfant. Ils ne remarquent même pas ce couple assis sur ce banc, derrière eux, observant ce même spectacle, si réjouissant de bon matin ! Adam et Ève se laissent aller à savourer ce deuxième cadeau du ciel qui leur est donné en ce même lieu, en l'espace de moins d'une heure. Ève se dit alors que cette journée ne pourra augurer que du bon, après le passage de l'oiseau magique et le déploiement de ce superbe arc-en-ciel qui habille à présent l'espace de ses belles couleurs, douces et vives. Il ne manquait plus qu'une symphonie transcendantale de *Liszt* jouée par *Lugansky* ou un concerto de *Vivaldi* pour parachever le cycle mystérieux, absolument fantastique de ces moments à la fois rares et précieux que partagent ces deux personnes qui, hier encore, ignoraient tout l'une de l'autre, et jusqu'à leur existence sur terre.

Quelle force formidable pouvait bien être à l'œuvre pour qu'Ève et Adam se sentent ainsi fortement imprégnés par ce qu'ils vivent ensemble, dans le parc Monceau, sur ce banc pour le moins banal ? Le vent seul le sait, et nulle boule de cristal ne viendra les éclairer sur ce point. Tous deux savent qu'ils partagent une expérience inédite, auréolée d'une rare et belle énergie ! Si l'on conçoit qu'un heureux hasard est une chose réjouissante, deux, survenant d'affilée, en deviennent formidables et trois, absolument fabuleux. Ève en est là, précisément, quand Adam sort de la poche de son pardessus, jusqu'alors posé sur le dossier du banc, derrière lui, un livre de poche qu'il emporte partout ou presque. Il s'agit de *L'étranger* d'Albert Camus. À l'état usé qu'affiche alors cet ouvrage, Ève comprend immédiatement qu'il revêt une signification toute particulière pour son voisin. Adam ne dit rien et fixe naïvement ce roman, comme si, par ce simple fait, celui-ci s'ouvrirait de lui-même pour lui apporter les réponses aux questions qui le tourmentent de plus en plus. C'est alors qu'il s'adresse de nouveau à Ève, d'une voix fébrile qui semble émerger des profondeurs de son être :

- Ce roman est l'un de mes préférés, car il met en évidence l'étrangeté de la nature humaine et l'absurdité de certaines réalités.

Ce livre est aussi l'un des favoris d'Ève. Elle ne peut s'empêcher de se dire qu'elle vient de recevoir un autre signe qui scelle de façon troublante le caractère à la fois énigmatique et merveilleux de cette rencontre. Elle, lui, portant des prénoms symboliques lourds de sens, ensemble dans ce parc public, en train de vivre des événements bizarres, dans un laps de temps plutôt restreint... ! Étrange, étrange... ! Ève est songeuse. Elle semble aussi quelque peu inquiète. Cela se voit à sa façon d'écouter Adam, tout en paraissant ailleurs, et à cette façon nerveuse avec laquelle sa main vient de balayer une mèche de cheveux retombant sur son visage.

Adam ne se sent pas encore prêt à établir une véritable complicité affective avec Ève. Il voit assez bien une partie de sa beauté intérieure, mais il a besoin d'autres preuves pour en faire un soi auxiliaire, une âme sœur qui lui permettra de tendre vers le secret des origines. Il la provoque, de nouveau, en lui posant une question très osée, tout en la regardant droit dans les yeux :

- Ève, quelles sont les fantaisies qui vous amènent inévitablement à la jouissance... ?

Ève n'en croit pas ses yeux et, encore moins, ses oreilles. Un homme qu'elle connaît à peine lui demande ainsi, à brûle-pourpoint, de dévoiler son imaginaire, cette part d'elle-même la plus privée, la plus intime ! Se trouve-t-elle en face d'un prédateur ou, pire encore, d'un psychopathe plus que pervers ? Son corps se raidit immédiatement. Elle a envie de se lever et de quitter cet homme qui ose s'introduire ainsi dans son espace psychique le plus secret. Cet homme qui lui semblait si sympathique lui apparaît subitement presque comme un démon. Bizarrement, à peine levée, elle se rassoit, puis se ressaisit. Une voix intérieure lui dit qu'il ne faut pas se laisser aveugler par les apparences. Elle s'imagine qu'il s'agit peut-être là d'une autre provocation, tout comme la question concernant le soutien-gorge. Dans sa tête, les neurones s'agitent. Jusqu'ici, il y a eu trop de choses insolites pour qu'elle se dérobe. Sa grande sensibilité lui fait appréhender une nécessité de se dépasser, d'aller au-delà de ses préjugés, au-delà de ses expériences de vie. Elle apaise son être, en se disant qu'après tout, la vie nous offre une grande scène de théâtre sur laquelle nous pouvons jouer juste ou faux, et à laquelle nous pouvons même simplement tourner le dos. Elle prend une inspiration profonde, souffle lentement, sans en avoir l'air et, tout en soutenant le regard inquisiteur qui la nargue, puis elle répond :

- Ce qui me fait vibrer, en règle générale, c'est la beauté d'une pensée, d'un geste ou d'une parole ! Oui, je l'avoue, je suis ultrasensible à l'indicible beauté de ces moments rares et fabuleux, qui nous invitent à transcender le réel pour voguer vers cet ailleurs absolument merveilleux, où l'esprit et le corps nagent en pleine harmonie. Tout procède donc chez moi d'un ressenti, d'une émotion, agréable ou non. Je ne calcule rien, ne prémédite rien. J'aime être dans le *carpe diem*, et vogue la galère ! Par ailleurs, j'aime la surprise, en amour. Ces petits détails qui ont l'air de rien, mais qui sont tout. Les effleurements inattendus qui peuvent paraître anodins, mais qui promettent déjà beaucoup, tout en ravivant le souvenir des moments agréables passés. Et, quand je me sens bien en présence de l'autre, tout simplement, plus rien d'autre n'importe que le plaisir d'être ensemble pour partager un moment d'intimité tout à fait indescriptible. Ce genre de choses se vit. Les mots ne suffiraient pour le dire. Pour finir, je ne sais m'épanouir que dans une relation qui m'offre la possibilité d'être moi, tout entière, en harmonie avec l'homme qui se prête au jeu amoureux, de façon naturelle et sans fausseté. La jouissance, chez moi, est donc liée à un ensemble de choses subtiles.

Après le bel arc-en-ciel, un peu de fraîcheur. Le ciel est à présent criblé d'azur. Adam a écouté les dévoilements de l'imaginaire érotique d'Ève avec grande attention. Des fantasmes fusionnels, des fantasmes de ne faire qu'un avec l'autre. Mais aussi des fantasmes où la surprise, l'étonnement et le risque sont érotisés. Ce qui frappe le plus Adam, ce sont les ressemblances avec son propre imaginaire. Une simple coïncidence ou une autre preuve d'un hasard nécessaire ? Par sa question très directe, Adam a voulu provoquer Ève dans l'espoir plus ou moins conscient d'être désavoué. Mais la réponse de celle-ci l'a déconcerté. Il s'attendait à une fermeture et il reçut un appel d'ouverture, le contenu de la réponse le renvoyant finalement à son propre imaginaire. Quelque chose semble sonner faux. Adam essaie alors d'y voir un peu plus clair. Il interroge discrètement son propre inconscient. Celui-ci semble lui dire qu'il a provoqué Ève, non pas dans le but d'être rejeté, mais plutôt pour mieux marquer sa supériorité masculine. C'est comme s'il avait cherché à mettre Ève sur la défensive afin d'établir un rapport de domination perceptible, malgré lui. Adam ne s'aime pas vraiment dans ce rôle, lui qui croit tellement à l'égalité et à la complémentarité entre les sexes. Il ose à son tour se mettre dans une position identique, s'exposant un peu plus. Il touche délicatement la main d'Ève, pour ne pas la faire sursauter de surprise et l'oblige à ramener son regard vers lui. Puis, sans la quitter des yeux et, d'une voix limpide, il lui propose :

- À présent, Ève, c'est à vous de me poser une question indiscrète. Je vous y répondrai sans détour, quelle qu'en soit la teneur !
- Vous prenez de gros risques là, non ? lui demande-t-elle d'un air plutôt énigmatique.
- Comme je vous l'ai dit, et vous en avez ma parole, je vous autorise à me poser n'importe quelle question et je satisferai votre curiosité.
- Bien, bien, bien ! Voyons un peu… puisque nous en sommes aux choses intimes, dans quelle situation, quand et comment avez-vous vécu quelque chose de grandiose et d'absolument sublime dans les bras d'une femme ?

Ève a pris soin de bien ficeler sa demande pour ne rien perdre au passage de cette réponse qu'elle attend maintenant, et qui promet d'être plus qu'intéressante. Elle va enfin savoir ce qui fait réellement vibrer cet homme intrigant et si déstabilisant, installé à ses côtés depuis maintenant plus d'une heure. Le soleil se trouve déjà un peu moins à l'est qu'à leur arrivée dans ce parc. Ève n'a pas quitté Adam des yeux une seule fois, lorsqu'elle lui a posé cette question plutôt étonnante de sa part. Elle, habituellement si réservée vis-à-vis de la gent masculine, en dehors de ses relations proches, voilà qu'elle ose s'embarquer à présent sur un terrain glissant, en cherchant délibérément à pénétrer dans l'univers intime et secret de cet inconnu... ! Drôle de situation, se dit-elle, sans pour autant vouloir se soustraire à ce jeu inattendu, qui devient de plus en plus dangereux, quoique fascinant. Sa petite voix intérieure lui a toujours dicté de prendre le chemin de la prudence : « Prends garde, ma fille, prends bien garde à toi ! N'oublie pas qu'à trop jouer avec le feu, on s'y brûle les ailes... ! », ne cesse-t-elle de lui susurrer. Mais, veut-elle seulement l'entendre, à présent qu'elle se trouve bien engagée sur cette piste grimpante, qui lui offre plus d'une possibilité de sortir de sa réserve coutumière pour accéder aux recoins de l'esprit humain, jusque-là, volontairement ignorés par son propre subconscient ? Adam ne prend nullement ombrage de l'air de défi sur lequel elle lui tend, à son tour, ce même miroir qu'il lui a proposé un instant plus tôt.

L'homme se repositionne sur son banc, de la façon la plus confortable possible, et plonge son regard dans le paysage vert parsemé de diverses teintes de jaune, de roux et de brun, comme pour y trouver un point de contact vers un périple dans sa propre intériorité. Puis, au bout d'un moment, il se met à parler, en essayant de faire place à la spontanéité :

- Ève, tu me demandes de dévoiler une partie de mon intimité érotique, de te livrer en somme l'expérience sexuelle la plus exaltante de ma vie. Je t'ai posé une question sur ton imaginaire, sur les fantaisies qui te donnent accès à la jouissance. Toi, tu fais appel à la réalité, à ma réalité historique. Il est vrai que j'ai connu intimement plusieurs femmes au cours de mon existence. Cependant, mes expériences sexuelles les plus satisfaisantes, du moins celles qui n'ont pas quitté ma mémoire, sont celles où je res-

sentais une complicité à la fois érotique
et affective. L'excitation et la jouissance
pénétraient alors tout mon être. Je ne
pensais à rien d'autre qu'au plaisir charnel, à l'échange des chairs, des cœurs et
des âmes. Une sorte d'éclipse du Moi
conscient. C'est comme si le plaisir érotique se confondait avec la spiritualité.
Ces moments de pure extase, je ne les ai
connus que très rarement. J'ai en souve-
nance, une de mes amoureuses avec laquelle je pouvais parvenir par moments à
de telles exaltations érotiques. Il y avait
alors entre nous une véritable complicité
à la fois intellectuelle, affective et corporelle. Notre lien était si fort qu'il nous
amenait à perdre réciproquement toute
inhibition sexuelle. Quelqu'un de
l'extérieur aurait pu nous comparer à
deux êtres primitifs, à deux animaux en
période de rut. Oui, une primitivité
sexuelle animale, mais doublée des pro-
priétés de l'esprit humain, et surtout
celle d'entremêler le plaisir érotique à
une forme certaine de spiritualité. Je te
parle Ève de mes grandes extases érotiques. Mais j'ai eu aussi plusieurs mi-

cro-extases érotiques générées par des femmes qui étaient amoureuses de moi, et qui étaient prêtes à tout faire pour exaucer mes désirs. Des excitations érotiques à saveur narcissique, pourrait-on dire. Quand je me sens quelque peu déprimé, je me remémore encore ces expériences sexuelles gratifiantes pour mon ego. Je sais que ces souvenirs ont un caractère défensif. Je ne suis qu'un simple humain. Peut-être un jour vais-je retrouver la véritable lumière d'Éros ou, plutôt, celle d'Aphrodite qui incarne davantage, sûrement, cette convoitise charnelle à l'état brut. Pour le moment, mon intérêt est davantage dans l'érotisation du savoir. Mais pour ce faire, j'ai besoin d'une complice intellectuelle, achève-t-il de lui répondre.

Ève a écouté l'aveu d'Adam avec le plus grand intérêt. Elle s'est sentie un peu fautive lorsqu'il lui a rappelé qu'elle s'écartait ostensiblement du point de vue initial. Effectivement, il avait souhaité découvrir ses fantasmes, tandis qu'elle s'était délibérément engagée sur les traces de son passé. Telle une chasseresse affamée, elle avait voulu lui prendre plus qu'il ne souhaitait réellement donner. La Diane qui sommeillait en Ève semble s'être réveillée et elle s'étonne, à présent, de se plaire à le voir dans le rôle du chasseur chassé.

Toutefois, la sincérité avec laquelle il vient de lui répondre la touche, au point qu'elle se radoucit naturellement. Adam ne s'est pas limité à un seul cas, comme elle le lui a demandé. Bien au contraire, il a élargi le sujet, sans toutefois fournir plus de détails que nécessaire. Malgré la franchise qui vient d'émerger de son propos, sa pudeur a transparu de l'habileté avec laquelle il a répondu à cette femme inconnue, qu'il essaye d'apprivoiser, à sa manière. Confuse, Ève ne peut que s'excuser :

- Je vous prie de me pardonner pour avoir poussé le jeu aussi loin, je…
- Mais non, ne vous excusez donc pas. Il n'y a vraiment pas de quoi. De toute façon, c'est moi qui vous ai provoqué en premier lieu et c'est aussi moi qui vous ai autorisé à me questionner. À présent,

vous en savez bien plus à mon sujet que je ne pourrais le prétendre vous concernant...

Dans sa réponse, Adam a fait subtilement état de ses composantes narcissiques. Ève y voit là une différence entre les sexes, attribuable au conditionnement social, et elle ne manque pas de s'exprimer à ce propos :

- Si vous voulez tout savoir, un détail non négligeable m'a frappé dans votre réponse. Contrairement à vous, j'ai toujours eu tendance à remercier et à porter aux nues les quelques hommes qui m'ont traitée comme une princesse, allant parfois jusqu'à sacrifier leur plaisir au profit du mien. Leur grande et belle générosité m'a toujours émue, au point où je trouvais naturel de leur rendre la pareille, sinon plus. Toutefois, je conçois aisément que le fait d'avoir continuellement des courtisanes à ses pieds puisse favoriser une certaine forme de jouissance narcissique. Ce qui m'interpelle le plus, c'est le fait que dans nos rôles respectifs, notre comportement ait été induit par notre *genralité*, par le fait d'être féminin ou masculin. Vous avez agi, je suppose, comme le ferait un grand nombre d'hommes, flattés par leur succès auprès de la gent féminine. Quant à moi, comme une femme trop heureuse de recevoir autant de considération de la part de ses rares partenaires du sexe, soi-disant fort, je me plaisais à les dorer des plus nobles blasons de l'esprit. Je les voyais comme des princes charmants si rares, qu'il me fallait les chérir autant qu'ils m'encensaient. Je me demande naturellement de quelle façon j'aurais réagi, si j'avais pu être à votre place, dans la circonstance précise d'un homme fortement convoité par les femmes ? À l'évidence, nous sommes plus ou moins conditionnés par nos identités de genre. Mâle ou femelle, homme ou femme, nous ne considérons pas les événements et leurs circonstances de la même manière, sans parler des conséquences ! Je n'aurais jamais pensé tirer avantage de mon ascendant sur ceux du sexe opposé au mien, parce que la pudeur féminine

me porte à fuir les débordements de cet
ordre.

Le langage corporel est souvent si révéla-
teur. Pendant qu'Ève fait état de ses réflexions sur certaines différences entre les
femmes et les hommes, Adam observe le discours de son corps. Ève parle en regardant le
vide, comme si elle essayait d'atteindre
l'insaisissable. Mais ses lèvres pulpeuses se
mettent à gonfler. Adam voit même ses ma-
melons se dresser légèrement. Il constate
qu'elle est dans un certain état d'euphorie. On
peut dire que son esprit, sa pensée, ses émotions et son corps frémissent à l'unisson, en
cet instant. Comment ne pas être ébloui par
une telle magie ! En regardant les lèvres fé-
briles d'Ève et le bout de ses seins tout aussi
sublimes, il se laisse naturellement envahir
par un incompressible désir charnel. Une
sorte d'élan irrésistible vers l'autre sexe. Une
pulsion qu'il peut, toutefois, assez bien contrôler. Adam se contente d'imaginer ce que la
réalité lui interdit. Un délicieux fantasme ! En
même temps, il sait que pour aller dans les
profondeurs de l'âme humaine, il faut savoir
transcender une partie de sa primitivité. Ce

qu'il désire véritablement, c'est de réussir à établir avec Ève une complicité des âmes. Néanmoins, familiarisé avec les paradoxes, il ose lui poser, toutefois, une nouvelle question intrusive, en se permettant même de la tutoyer, cette fois-ci :

- Que ferais-tu Ève, maintenant, si aucun tabou sexuel n'existait ?

Ève se tourne à nouveau vers Adam. Elle voit une lueur intense brûlant au fond de ses prunelles. Cette flamme, elle la connaît. C'est celle d'un désir sans nom, sans appel. Elle l'avait déjà remarqué plus d'une fois dans les yeux de certains admirateurs, désespérés de ne pouvoir conquérir son cœur et incapables de dissimuler cette manifestation subite de leur penchant évident pour elle. Elle s'était contentée de détourner le regard avec pudeur, à chaque fois, comme si de rien n'était, pour ne pas les embarrasser davantage. Toutefois, en présence d'Adam, Ève se sent tout à fait décontenancée. Qu'attend-il d'elle, enfin, et vers quoi souhaite-t-il l'emmener en réalité ? Elle frissonne instantanément, ne sachant trop comment réagir. Son sang semble pulser à

l'intérieur de ses veines à une vitesse phénoménale, et sa pression artérielle grimpe de
plusieurs degrés, en quelques secondes seulement. Que répondre à cet inconnu qui a déjà
été fouillé, de prime abord, plus loin qu'aucun
autre auparavant dans son univers intime ? Là
vraiment, elle se sent embarrassée. Une force
en elle l'incite à fuir. Une autre, tout intérieure, l'invite à faire confiance à Adam et à
répondre à sa question, tout simplement. Elle
se trouve à présent dans un véritable état
d'ambivalence. Elle sent que cet inconnu
n'est pas comme les autres hommes, plus ou
moins anonymes, qui la posent comme un
simple objet de désir. Finalement, elle répond
à cette question d'une façon plutôt surprenante :

- L'absence de tabous sexuels marquerait la
mort d'Éros et le triomphe de Thanatos.
Et, sans Éros, l'évolution humaine ne
pourrait guère se poursuivre.

Adam ne peut que sourire, car c'est précisément ce qu'il désirait entendre, en réalité. Il
est maintenant convaincu qu'il pourra faire
avec Ève un voyage extraordinaire. Fortement

ému, il prend ses mains entre les siennes et lui dit tout simplement :

- Merci !
- Mais de quoi ?
- Pour cette réponse qui me comble au-delà de toute espérance.
- Il s'agit purement et simplement de logique, ni plus ni moins. Sans transgression possible, envisageable, l'existence humaine se limiterait à une forme de platitude répétitive, mortellement ennuyeuse. Je pense d'ailleurs à ce titre que nombreux sont ceux qui se font une mauvaise idée du paradis..., poursuit Ève.
- Comme d'un lieu d'équilibre où règnerait un bonheur éternel, sans nul remous... ? l'interroge Adam.
- Exactement ! Très sincèrement, qui voudrait vivre éternellement dans cette sorte de prison dorée, lisse et toujours paisible, que rien ne viendrait jamais perturber... ? Sûrement pas moi, malgré mes convictions religieuses bien établies, avoue-t-elle.

- Le paradis…, ce lieu inaccessible sur terre, pourtant si proche de nous ! Bienheureux ceux qui le cherchent en eux, déjà, ici-bas, surenchérit Adam.
- Je pense également que le paradis nous tend les bras dans chaque moment de pure beauté où se glisse l'éternité, pour nous inviter à communier à l'harmonie cosmique, souvent imperceptible.
- Je vous rejoins tout à fait sur ces points. Souvenez-vous de cette chanson du Québécois Leonard Cohen : *Hallelujah* ! Beaucoup de gens s'arrêtent à la beauté pénétrante de ce chant, à la fois, mélodieux et poignant. En réalité, très peu s'attardent sur la signification et la portée réelle du message qu'il transmet, au fond…
- « …*And from your lips she drew the hallelujah*… ! », avance aussitôt Ève, étonnamment en phase avec la réflexion d'Adam. Elle connaît cette chanson par cœur et elle se sent naturellement transportée, chaque fois qu'elle l'entend.
- Sans oublier : « …*But remember when I moved in you / The holly dove was moving too / And every breath we drew was*

Hallelujah... ! », ajoute Adam, qui se réjouit véritablement alors de l'étonnante tournure que prennent enfin les événements.

- Effectivement, ce chant a quelque chose de profond à plusieurs égards, approuve à son tour Ève, à présent, pleinement en phase avec Adam.
- Je crois aussi... éternité, beauté ! beauté, éternité... , les mêmes pièces d'un même puzzle qui peuvent s'inverser selon une multitude de combinaisons, parfois, à peine imaginables.

Mus par un élan purement spontané, Ève et Adam se rapprochent corporellement l'un de l'autre. Ils s'enlacent dans un silence absolu. Une sorte de présent intemporel. Une rencontre des corps, des esprits, des cœurs, des inconscients et des âmes. Ils sont prêts à entrer dans ce monde merveilleux de la douce folie à deux, de l'unité duelle. Prêts aussi pour faire un voyage bien au-delà de la sphère terrestre. Un monde qui les rapproche inexorablement de la pureté divine.

Pour accéder au divin, Ève et Adam doivent néanmoins lutter contre les forces du mal. Comment l'Ange déchu qui a osé initialement décevoir le Créateur pourrait-il tolérer une telle rencontre des âmes, une telle symphonie des cœurs ? Chassé du paradis, il continue sa lutte pour nourrir la haine et le désespoir, pour éloigner le plus possible les humains du Créateur. Il se doit de tendre un piège à Adam ou à Ève afin de les éloigner du salut éternel. Il choisit Adam, car il connaît bien les hommes, et il sait qu'ils sont plus infidèles, plus susceptibles de succomber aux tentations. L'Ange déchu, qu'on appelle aussi Lucifer, ou encore Satan, est très rusé. Il sait que faire apparaître une Déesse de l'amour ne serait plus suffisant, à présent, pour détourner le regard d'Adam et pour le rendre inattentif à la présence d'Ève. Il doit trouver mieux. Aussi, observe-t-il, d'un air courroucé, ces deux êtres, tout prêts de lui échapper, tout en réfléchissant à vive allure. Et, bientôt, il trouve l'idée qui pourrait lui permettre de s'interposer une fois de plus entre le divin et ses créatures.

Tandis qu'Adam s'abandonne au bien-être indicible qu'il savoure dans les bras d'Ève, sans trop savoir comment une telle chose a pu se produire aussi rapidement, il remarque la présence d'un vieil homme qui ne le quitte pas des yeux. Celui-ci, à demi campé sur une superbe canne à tête de vautour et au corps serpenté, semble surgir d'un autre temps, d'une autre planète. Sa longue barbe blanche et son crâne dégarni sur le haut lui donnent l'allure d'un grand sage, avec une longue queue de cheval pendant dans son dos, jusqu'à la taille. L'homme fait semblant de s'éloigner, mais se ravise presque aussitôt après, puis il regarde à nouveau Adam et lui fait signe d'approcher.

Déjà intrigué par ce personnage atypique, Adam se demande ce qu'il peut bien lui vouloir. Il est surtout embarrassé à l'idée de devoir quitter les bras d'Ève, ne serait-ce qu'un instant, alors qu'ils viennent tout juste d'accéder à cette forme de complicité d'une pure et rare beauté. Il écarte un peu Ève de son torse accueillant et lui dit, tout en la couvant de ses yeux pénétrants :

- Je reviens, il semble que cet homme, qui se trouve là, veuille me dire quelque chose. Pardonne-moi de briser ainsi le charme, mais je reviens vite près de toi !

Adam se lève et se dirige vers l'inconnu, qui a pris soin de s'éloigner suffisamment de leur banc pour qu'Ève ne puisse entendre ce qu'il veut dire à son compagnon.

- Monsieur, bonjour ! que puis-je pour vous… ? questionne Adam, tout de suite après avoir abordé le vieil homme.
- Bonjour, cher ami ! Demandez-moi plutôt ce que moi je peux faire pour vous !
- Ce que vous pouvez faire pour moi… ! Dites-le-moi.
- Je vais te le dire, mon cher Adam…

En s'entendant interpeler ainsi par son prénom, Adam ne peut qu'en être médusé.

- Qui êtes-vous et comment connaissez-vous mon prénom ? … interroge-t-il aussitôt.
- Vous êtes Adam, Adam Valentin, et vous cherchez des réponses précises à certaines questions réputées insolubles. Et,

moi, je suis ici, précisément, pour vous offrir ce que vous recherchez tant ! répond l'inconnu d'un air mystérieux, en le vouvoyant à nouveau.

- Vraiment, et comment le pourriez-vous ?

- De la même façon que je sais qui vous êtes et que je connais tout de vous, sans que nous ne nous soyons jamais rencontrés auparavant. Je suis un mage, comme il en existe peu sur terre, et j'ai été dépêché ici, à l'instant, pour vous sortir d'un terrible piège.

- Un piège, mais quel piège ?... s'enquiert Adam, soupçonneux et de plus en plus intrigué.

- Vous étiez sur le point de vous abandonner à une folle romance quand je suis arrivé, j'espère qu'il n'est pas déjà trop tard.

- Mais en quoi cela vous regarde-t-il, cher monsieur ?

- Laissez-moi vous dire que vous êtes promis à une grande destinée. Avec cette femme à vos côtés, vous ne pourrez guère l'accomplir ; elle monopolisera toute votre attention, en voulant devenir comme l'air et l'eau qu'il vous faut pour continuer à vivre. Mais, si vous acceptez de me suivre afin d'obtenir les révélations dont je suis l'un des rares détenteurs, vous irez loin dans votre quête de vérité, et bien plus encore que vous ne l'imaginez. Voici donc mon offre, ou vous me suivez, sans vous retourner, en laissant là cette Ève qui, comme la première, ne saurait que vous entraîner vers la déchéance, vers le pire, ou vous retournez vers elle et je ne pourrai plus grand-chose pour vous.

Adam est fort décontenancé par les propos de ce personnage bizarre. Il est vrai qu'il a toujours souhaité obtenir des réponses aux questions existentielles qu'il se pose depuis longtemps autour de la création de la femme et de l'homme. Néanmoins, la présence soudaine de ce prétendu mage et sa proposition lui semblent plus que suspectes. Ce que désire Adam, c'est d'acquérir ce savoir en compagnie d'Ève. Or, ce mage cherche précisément à l'éloigner d'elle. Le vieil homme détecte aisément l'ambivalence d'Adam. L'intrigant personnage plonge à nouveau son regard dans le sien et tente d'accroître sur lui son pouvoir de fascination en lui révélant :

- Ta mère, Adam, ta mère était une vraie jumelle et elle a perdu son double à leur naissance ! Mais ça, tes amis ne le savent pas, puisque tu ne leur en as jamais parlé, n'est-ce pas ?
- C'est vrai, je n'en ai jamais parlé à personne.

Le mage acquiesce en opinant du chef, ravi de voir l'effet que vient de faire cette révélation des plus surprenantes sur son vis-à-vis. Adam semble un peu plus confus, ce qui amène un léger sourire malicieux aux coins des lèvres de son interlocuteur. Adam perçoit néanmoins ce sourire quasi démoniaque. Une voix intérieure lui dit que ce mage est un imposteur, un représentant des forces du mal et du mensonge. Adam s'éloigne de lui, aussitôt, sans même lui dire adieu. Le mage disparaît alors aussi soudainement qu'il était apparu, comme envolé, fondu dans le vent, emporté hors du temps.

Même si elle a été écartée de la conversation, Ève aussi a été témoin de cette apparition et de cette disparition plutôt subites. Elle se secoue et se pince, machinalement, pour s'assurer qu'elle ne rêve pas. Adam se rassoit à ses côtés, silencieusement. Ils s'enlacent à nouveau, en se disant que plus rien ne pourrait les séparer.

Aussi invraisemblable que cela puisse paraître, l'oiseau au plumage arc-en-ciel qui les avait réunis quelques heures plus tôt, et qui les avait tant émerveillés, se pose soudain devant eux, à moins de deux mètres de leurs pieds. Il pousse de petits cris pour attirer l'attention de ces deux êtres humains qui semblent être sur une autre planète, à présent. Une force mystérieuse les incite à poser leur regard sur l'oiseau. Ils sont étonnés de voir que le merveilleux volatile porte maintenant une auréole, une couronne dorée entourant sa tête. Ève et Adam sont pour le moins abasourdis. Ils se demandent si l'oiseau ne serait pas en réalité un messager du ciel. Serait-il là pour les amener vers l'inconcevable, le Créateur, vers Dieu ? S'agit-il d'une hallucination, d'un rêve ? Ils fixent tous deux leur regard sur l'oiseau. Celui-ci dirige alors simultanément son œil brun vers Adam et son œil bleu vers

Ève. Et, tel un grand maître de l'hypnose, il les plonge dans un sommeil profond. Puis il repart, emmenant avec lui les deux esprits à présent réunis d'Ève et d'Adam, dans cet ailleurs inexploré qui les attend.

2.

À l'écoute du Créateur

En compagnie de l'oiseau céleste, les esprits d'Ève et d'Adam voyagent à une vitesse
inimaginable. C'est comme si la distance
n'existait plus, comme si le lointain et l'ici se
confondaient. Les voilà rendus dans un lieu
idyllique. Même s'ils sont décorporalisés, les
yeux de leur âme peuvent être éblouis par la
beauté merveilleuse de cet endroit. Tout y est
d'une pureté sublime. Les mots ne peuvent
suffire pour décrire ce paradis. De vertes prai-
ries s'y étendent à perte de vue, dans un espace vallonné. Arbres, plantes et fleurs plus
ou moins connus déploient leur charme avec
une grâce saisissante, embaumant l'espace autour d'eux de douces fragrances enivrantes.

Au loin, des montagnes gigantesques aux couleurs invraisemblables sur terre se laissent désirer. Des papillons de toutes les couleurs volètent ici et là dans un ballet féérique et, de temps à autre, un oiseau charmeur vient leur offrir son chant mélodieux.

À n'en point douter, c'est la demeure privilégiée du Créateur. L'oiseau messager est toujours à leur côté. Mais il s'envole et disparaît au bout d'un moment, aussi subitement qu'il est apparu. Les âmes d'Ève et d'Adam se laissent imprégner par la sérénité de ce lieu indubitablement divin.

Une lumière éclatante apparaît dans le ciel immaculé de cet espace féérique. Ce jet lumineux se rapproche doucement d'Ève et Adam. Il se métamorphose successivement en diverses espèces végétales et animales, puis il finit par prendre la forme d'un être humain. La lumière se transforme aussi bien en homme ou en femme, de façon déconcertante. Avant même de prendre la parole, il redonne à Ève et à Adam leurs corps respectifs, entièrement dénudés. Tous leurs sens et leurs facultés mentales sont réactivés ; ils peuvent voir, entendre, toucher, sentir, parler, s'émouvoir, dès lors. Et, tandis qu'ils l'observent tous deux, médusés, les yeux grand ouverts sur l'hallucinante réalité face à laquelle ils se trouvent, la voix puissante et profonde de cet être surnaturel s'exprime :

- Soyez les bienvenues, chers enfants ! Ne craignez rien, vous êtes ici avec moi au-jourd'hui parce que j'en ai décidé ainsi.

Absolument subjugués par la présence de celui qu'aucun qualificatif ne suffirait à dé-crire vraiment, Ève et Adam restent bouche bée pendant un moment. Et l'Être poursuit :

- Votre quête me semble noble et pure. Aussi, ai-je jugé bon de vous permettre de venir à moi afin de vous transmettre une partie de mon savoir. Demandez et vous recevrez ! Je vous écoute…
- Qui êtes-vous ?... ose enfin formuler Ève, d'une voix tremblotante.
- Je suis Celui qui est et tu le sais tout aussi bien, femme !
- Vous êtes le Créateur, l'Être originel d'où provient et dont procède toute chose… avance à son tour Adam.

- Bien ! Mon Ève, mon Adam… à présent que les présentations sont faites, que puis-je pour vous ?

- Si vous le permettez, nous aimerions connaître la vérité à propos du premier être humain que vous avez créé. Était-il mâle, était-il femelle ou, encore, un être hybride que vous auriez scindé en un mâle et en une femelle ? lui demande Ève, toute exaltée.

- Initialement, j'ai créé le cosmos et des espèces végétales et animales. La division sexuelle entre mâle et femelle s'est faite graduellement. Et, parmi les espèces les plus évoluées, chez l'humain par exemple, j'ai voulu que chaque sexe trouve un juste écho de lui-même dans sa part complémentaire. Ainsi, espérais-je les voir cheminer, de concert, afin de pouvoir braver ensemble les innombrables défis de l'existence, auxquels ils pourraient être confrontés.

Ève et Adam se regardent intensément, car, au moment même où ils entendent ces paroles ils ressentent un appel indéfinissable de leurs deux êtres, l'un pour l'autre, comme une résonance souveraine et profonde qui sourd impérieusement d'eux.

- Ainsi donc, vous nous avez faits homme et femme pour que nous puissions être avec notre complément, pour que nous puissions lui faire face, nous mirer dans son regard et trouver refuge en sa présence… ! observe Adam, comme si ses propres mots franchissaient ses lèvres sans qu'il puisse les contrôler.
- C'est bien de cela qu'il s'agit. Deux êtres complémentaires qui, en vérité, sont appelés à ne faire qu'un !
- Mais qui de l'homme ou de la femme peut prétendre avoir été le premier à naître de cette dissociation ?... s'enquiert encore Adam.
- Ni l'un ni l'autre. Je les ai séparés et ils furent simultanément. Le premier ou le deuxième, qu'importe vraiment ? Ce ne sont là que des considérations purement humaines. Votre destinée commune est bien plus importante et bien au-dessus de cette question. Voyez-vous, le sentiment de solitude extrême mène inévitablement à la mort. J'ai donc voulu épargner cela à

mes bien-aimés. Pouvoir cheminer à deux constitue en cela la plus grande des grâces que je vous ai accordées.

- C'est pour cette raison que lorsque nous faisons corps pour n'être plus qu'un, homme et femme, nous ressentons de façon extraordinaire cette forme de plénitude grandiose que nous ne pouvons atteindre autrement... ! fait alors remarquer Ève, d'un air méditatif.

Adam est songeur. Le Créateur vient d'affirmer qu'il a créé l'homme et la femme simultanément, mais Adam se demande pourquoi l'Ancien Testament, par le biais de ses prophètes, laisse croire qu'Ève est le produit d'une partie corporelle d'Adam, de l'une de ses côtes. Très respectueusement, il ose poser la question au Maître divin, et celui-ci n'hésite aucunement à satisfaire sa curiosité :

- Je vous le redis, j'ai tout d'abord créé la vie à travers les espèces végétales, et je les ai laissées tranquillement se développer. Ensuite, j'ai enfanté des espèces animales. Il a fallu des millions d'années terrestres pour en arriver à l'émergence de l'espèce humaine. Mon acte de création était prédéterminé. Je connaissais à l'avance le moment où l'humain ferait son entrée en scène. Et l'homme et la femme sont apparus au même moment. L'humain existait bien avant Moïse, bien avant l'écriture de la Genèse. Et le récit biblique est une métaphore de ce qui s'est passé vraiment. Ève et Adam au Paradis n'ont existé que sous une forme symbolique. Tout cela a permis à l'humain de croire à l'existence d'une seule puissance divine à l'origine de la vie, d'avoir foi en moi, le Dieu suprême.

Ève et Adam n'en reviennent pas. Ils écoutent intensément la parole divine. Et le Créateur poursuit :

- J'ai donné à l'humain primitif la liberté de choisir entre moi et d'autres dieux. Par insécurité, ils ont eu tendance, dans un premier temps, à opter pour le polythéisme, pour l'adoration de plusieurs dieux. J'ai facilité la venue sur terre de prophètes pour réanimer la croyance en ma toute-puissance et rétablir le pouvoir du Bien sur le Mal. Écrit par des humains, sous l'inspiration des patriarches et des prophètes, le premier livre de la Bible, la Genèse, ne fut pas toujours un reflet exact de mon projet de création. Comme je vous l'ai déjà dit, j'ai engendré simultanément, sous forme de potentialités, deux sexes chez la plupart des espèces animales, y compris l'humain. Mais, au début de l'humanité, la femme avait un grand pouvoir sur l'homme, car c'est elle qui assurait la reproduction de l'espèce humaine. L'humain n'avait pas encore fait le lien entre le coït et la reproduction, et il croyait que la femme était fécondée par une puissance extraterrestre, la Lune par exemple. Se sentant inférieurs aux femmes, les hommes, y compris les prophètes, presque tous de sexe masculin, ont construit une Genèse essentiellement masculine. En vérité, je vous le dis, l'histoire biblique, en particulier l'Ancien Testament, est en partie une construction humaine, et non une pure création de Dieu.

Dans ses nombreuses lectures portant sur les origines de la création, Ève s'est souvent interrogée sur le rôle de Lilith, cette femme qui aurait été la première compagne d'Adam. Elle se demande si la crainte de l'homme à l'égard de la femme ne fut pas induite, à l'origine, par le pouvoir avéré de Lilith sur Adam. Elle pose la question au Créateur, et celui-ci reprend la parole :

- Eh bien, ma chère enfant, vous touchez là un point très intéressant. Lilith a effectivement existé au début de l'humanité, du moins sous une forme symbolique. Cette femme dotée d'une intelligence prodigieuse refusait de se laisser commander par son compagnon et, encore moins, de se retrouver couchée sous lui, au cours de l'acte sexuel. Toutefois, ce sont les patriarches qui l'ont diabolisée, car elle menaçait selon eux le pouvoir viril de l'homme.

Lilith... ! se surprend alors à murmurer Adam, comme s'il se rappelait une réalité

longtemps occultée et reléguée au plus profond de sa mémoire. Et le Créateur ajoute :

- Oui, Lilith était le symbole d'une femme
  dotée d'un esprit fort et puissant. Les
  premiers hommes n'ont pas supporté
  cette rivalité avec cette forme
  d'intelligence, qui les confrontait sans
  cesse à leurs propres limites.

Ève écoute attentivement les paroles de
l'Être divin. Elle se demande encore pourquoi
on le nomme *Dieu le Père* dans les écrits
théologiques. Pourquoi ne pas l'appeler tout
simplement *Dieu,* ou *Dieu Père et Mère* ?

Le Créateur a deviné le mouvement
d'incertitude dans la pensée d'Ève. Sa parole
se fait de nouveau entendre :

- Je suis l'Être suprême. On peut m'appeler
  Dieu, Yahvé ou Allah, c'est toujours de
  moi que l'on parle. Je peux être à la fois
  père et mère, homme ou femme. Je suis
  la source première de la vie et
  l'incarnation du Bien. Les humains sont
  libres de croire ou non en moi. Celles et
  ceux qui auront foi en moi auront le Sa-

lut éternel. Les autres, s'ils persistent dans le mal, disparaîtront dans le néant.

Ève et Adam restent pantois. Ils se regardent. Ils sont nus, mais sans aucun sentiment d'impudeur. C'est comme si le Créateur, pour reprendre le récit biblique, les avait mis dans l'état antérieur au péché originel, avant l'expulsion du Paradis. Peuvent-ils se désirer et avoir des relations sexuelles? Les plaisirs charnels sont-ils incompatibles avec l'amour de Dieu ? Ève et Adam aimeraient bien connaître la pensée du Créateur sur cette délicate question.

L'Être divin, qui s'était jusqu'ici corporalisé quasi simultanément en homme et en femme, prend soudainement la forme d'un ange sans sexe. Il ressemble étrangement à plusieurs tableaux de peintres de l'archange Gabriel, ce messager de Dieu que l'on retrouve dans la Bible et le Coran. Ève et Adam ne comprennent pas le sens de cette nouvelle métamorphose. Ils se contentent de l'observer, et ils attendent patiemment les mots du Divin en se tenant par la main, comme pour mieux marquer leur unité. Et la parole divine se dévoile à nouveau :

- Vous avez pu le constater, je peux me transformer indéfiniment. Si je prends maintenant la forme de l'archange Gabriel, c'est parce qu'il est l'un de mes principaux messagers terrestres. Dans le Nouveau Testament, c'est lui qui annonça la naissance de Jésus à la Vierge Marie. C'est aussi lui qui révéla les versets du Coran à Mahomet. Comme vous le voyez, je n'ai plus de sexe, car un ange ne peut se reproduire. J'ai créé la vie et la capacité des êtres vivants à se reproduire. Les anges existent, je les ai engendrés, mais sans leur donner la possibilité de se reproduire. Ils sont éternels, mais ils existent uniquement pour exécuter les volontés divines. Certains anges ont désobéi à Dieu et ont été chassés du Paradis. L'un de ces anges déchus a même incité l'une de mes créatures à manger le fruit de l'arbre défendu, l'arbre de la connaissance du bien et du mal, après s'être transformé en serpent.

Adam est un peu dérouté. Il sait que la parole de Dieu s'est fait entendre à Moïse sur le mont Sinaï, lorsque qu'Il lui a transmis ses Dix Commandements. Toutefois, il s'interroge encore sur l'existence d'Ève et Adam au Paradis. Était-ce une réalité ou simplement une façon imagée de traduire un message divin ?

Le Créateur perçoit instantanément les ambiguïtés de la pensée d'Adam. Il prend la parole :

Cher Adam, je sais pertinemment que tu crois en moi et en ma toute-puissance. Pour transmettre mon message, j'ai eu recours, dans un premier temps, à des patriarches et à des prophètes. Ils ont permis l'écriture de l'Ancien Testament. Afin de faciliter la compréhension et l'adhésion à mon message, ils l'ont imagé et romancé quelque peu. En vérité, je vous le dis, j'ai toujours été et je serai toujours. Je suis éternel. J'ai créé l'univers et son évolution. Puis, j'ai envoyé mon fils Jésus sur terre pour réparer les péchés du monde et pour transmettre mon message divin. Voilà l'essentiel !

En l'espace d'un minuscule instant, l'archange Gabriel disparaît. C'est l'obscurité totale. Que se passe-t-il ? Effrayée, Ève se blottit contre Adam. Dissimulant sa propre peur, Adam accueille chaleureusement Ève dans ses bras. Ils sont enlacés tendrement dans l'attente de l'inattendu. Et ce qui devait arriver arriva. Un immense visage tout illuminé émergeant de nulle part fait son apparition au-dessus de leur tête. Un visage semblable à celui d'un humain, mais dont l'iris des yeux est orange, survient. Toute la lumière du ciel réapparaît alors. Une voix gracieuse se fait entendre :

- N'ayez crainte mes enfants, je suis le Divin, et aussi longtemps que vous aurez foi en moi, je vous chérirai. Avez-vous d'autres questions à me poser ?

Décontenancés, Ève et Adam restent muets pendant un bon moment. Mais leur curiosité prend rapidement le dessus. Adam ose néanmoins prendre la parole :

- Dieu tout-puissant, vous avez créé les anges. Certains vous ont désobéi. Ils se sont transformés en démons, en incarnant le Mal. Sur la terre, ils nourrissent la haine, la méchanceté, l'envie. Ils font tout pour nous éloigner de vous. Pourquoi ne les avez-vous pas anéantis pour autant ?

- En tant que Dieu tout-puissant, il m'aurait été facile de les exterminer. Mais j'ai voulu donner aux êtres que j'ai engendrés la liberté de choisir entre le Bien et le Mal. Celles et ceux qui auront foi en moi et qui sauront résister aux tentations de Satan pourront venir me rejoindre après leur mort physique. Les autres seront anéantis.

Adam ne peut s'empêcher de demander une précision au Créateur :

- Est-ce possible pour un humain de contrecarrer toutes les tentations du Diable ?

Et Dieu lui répond :

- Si un humain a foi en moi, et que sa croyance se concrétise par des actes

d'amour et de charité envers ses semblables, c'est là l'essentiel. Qu'il suc-
combe à certaines tentations du Malin ne
l'empêchera pas nécessairement de venir
me rejoindre. Il y a dans mon royaume
des humains qui se sont faits complices
du Diable à de multiples reprises, mais
qui ont pu réparer leurs égarements, en
laissant éclore en eux, par la suite, une
foi inébranlable en moi.

Ève écoute attentivement les paroles de
l'Être divin. Elle a toujours eu foi en Dieu.
Toutefois, une question la préoccupe depuis
longtemps. Elle se demande s'il suffit de
croire en Dieu et de résister au Diable pour
pouvoir entrer dans son royaume. Elle se
permet de poser une question assez directe au
Créateur.

- Dieu tout-puissant, est-ce que les Juifs et
  les Musulmans peuvent accéder à votre
  royaume ?

La réponse ne se fait pas attendre :

- Tout être humain, qui a foi en moi et qui
  fuit Satan, viendra me rejoindre. Les

Juifs et les Musulmans ne croient pas que mon fils Jésus, que j'ai envoyé sur terre pour réparer les péchés du monde, est le véritable Messie. Mais ils ne sont pas exclus pour autant de mon royaume des cieux.

Le visage d'Ève laisse affleurer un ravissement dont elle rayonne toute entière. Elle, qui trouve insupportables toutes ces guerres de religion sur terre entre Juifs, Musulmans et Chrétiens, voit à travers le message du Créateur un signe de réconciliation, une lueur d'espoir.

L'humain, depuis son existence, croit qu'il est le centre de l'univers. Est-ce vraiment exact ? Ève s'est souvent interrogée sur cette croyance. L'univers est immense. L'existence d'autres espèces équivalentes à celle humaine ou même supérieures à elle est-elle une fiction ou une réalité ? Elle pose naturellement au Créateur cette question qui lui brûle les lèvres. L'Être suprême les instruit également à ce propos:

- Mes chers enfants, comme vous le savez déjà, l'univers est vaste. Il est si étendu et composé de tellement de galaxies que l'humain ne pourra en explorer qu'une infime partie. En sachant que la terre fait partie du cosmos dont elle ne constitue qu'une portion infinitésimale, pensez-vous vraiment que j'aie pu créer la vie sur terre, en omettant de faire de même ailleurs ? Non, bien entendu ! Ce serait insulter mon propre génie que de limiter la capacité de ma gigantesque œuvre à ne pouvoir vivre qu'à travers une seule espèce dotée d'intelligence... D'autres espèces vivantes habitent certaines galaxies suffisamment éloignées les unes des autres, afin de permettre à chacune d'elles de se développer, dans une large mesure, selon ses propres capacités, sans l'interférence des autres. Toutefois, elles peuvent finir par interagir les unes avec les autres, à un stade donné de leur évolution, si leurs progrès technologiques le permettent.

Puis le Divin souligne :

- Certains de vos anciens savaient déjà tout cela. Mais tant de choses gisent à découvert sous vos yeux et vous les survolez quotidiennement, sans vraiment chercher à les sonder. À l'intérieur des pyramides d'Égypte comme dans les temples aztèques, mayas ou hindous, vous trouverez nombre de détails qui vont dans ce même sens. Vos déserts, notamment, regorgent d'indices à ce propos, mais le sable les a largement recouverts.

- Ces autres espèces sont-elles toutes de types humanoïdes ? s'enquiert alors Adam.

- Non, pas toutes. La vie se déploie sous diverses formes, comme je l'ai voulu. Aussi ai-je souhaité voir évoluer de multiples formes de vie pouvant s'adapter aux différents univers que j'ai créés dans le grand Tout. Sur certaines planètes, des êtres à tête biface ou triface dominent leur environnement. Certains sont dotés de plusieurs membres supérieurs, à l'instar de celle que vous appelez Shiva. La plupart de vos personnages mythologiques rendent compte de ces autres réalités qui prévalent dans d'autres mondes.

Le regard brillant d'une vive curiosité, Ève se demande s'il y a déjà eu interférence entre notre monde et d'autres plus évolués. Elle interroge le Créateur à ce sujet, et Il l'instruit en conséquence :

- Bien entendu. Votre monde et tant d'autres existent depuis tellement longtemps, qu'ils ont déjà connu plusieurs Armageddon nécessaires à leur propre renouvellement. Ce que vous appelez fin du monde n'est en réalité que la fin d'un système de choses. Chaque monde s'autodétruit pour en reconstituer un autre, puisqu'en réalité « rien ne se perd et que tout se transforme », comme vous l'avez sûrement appris de vos érudits. Sur chaque planète où subsistent des êtres dotés d'une haute forme d'intelligence, la vie finit toujours par reprendre le dessus après le chaos, qui s'avère parfois aussi nécessaire, dans l'ordre des choses.

- Comment le chaos peut-il être dans l'ordre des choses, alors même que nous nous évertuons sans cesse à valoriser l'ordre partout sur terre ? interroge Ève.

- Au sein même de ce que vous considérez comme chaos, subsiste toujours une sorte d'ordre imperceptible, de prime abord. L'ordre, tel que vous le concevez, ne répond qu'à la nécessité d'un système de choses à tendre vers une forme de ré-organisation qui lui est naturellement propre.

À travers ces paroles du Créateur, Adam et Ève prennent alors pleinement conscience du fait que le chaos fait partie intégrante de l'évolution, qu'il en est même l'élément moteur. Cela vient confirmer ce que plusieurs scientifiques ont déjà affirmé.

Une voix intérieure incite Ève à poser une autre question assez intrusive à l'Être suprême :

- On sait que vous avez un fils-dieu, Jésus-Christ, et que vous l'avez envoyé sur terre pour réparer les péchés du monde. Avez-vous aussi engendré une fille-déesse ?
- Cette question est très pertinente. Le Nouveau Testament ne fait référence

qu'à mon fils-dieu, Jésus. En vérité, j'ai aussi engendré une fille-déesse, qui est allée sur terre en compagnie de mon fils-dieu, mais son statut est demeuré secret. Je vous fais ici une grande révélation : cette fille-déesse s'appelle Marie, et elle a joué sur terre le rôle de la mère de Jésus. Je n'ai pas voulu qu'elle fasse des prophéties, qu'elle meure sur une croix et qu'elle ressuscite. Son message aurait été vain à une époque où régnait la loi du père. Seul un dieu-homme pouvait alors être écouté et donner l'exemple. Mais peut-être enverrai-je sur terre, un jour, ma fille-déesse, Marie, avec une mission de la même envergure que celle de Jésus.

Ève et Adam n'en reviennent pas. Aucune des religions chrétiennes n'a reconnu à Marie le statut de déesse. C'est peut-être l'Église catholique qui lui accorde le plus d'importance, à travers le culte marial. Mais en même temps, elle a exclu les femmes de la hiérarchie religieuse réelle, de la prêtrise à la papauté.

Le Créateur disparaît comme par enchantement. Bouche bée et médusés d'étonnement, Ève et Adam ne peuvent oblitérer cette image du Créateur soudainement disparue. Va-t-elle réapparaître ? Va-t-elle prendre une forme différente ? Ils ne bougent pas, ils attendent là, inlassablement. Ils sont figés dans leur immobilité. C'est Ève qui sort la première de cet état d'inertie. Elle secoue les épaules d'Adam afin de le sortir de cette fixité motrice. Elle y réussit et l'invite à explorer le jardin d'Éden, afin d'en admirer toutes les beautés. Ève croit que si le Créateur souhaite réapparaître, il le fera, peu importe où ils seront dans ce merveilleux jardin.

Cela fait des heures qu'Ève et Adam se promènent dans ce lieu incomparable. Aucune nouvelle apparition du Créateur, mais les choses sublimes qu'ils voient les remplissent de satisfaction. Subitement, ils entendent un énorme rugissement. Est-ce celui d'un lion, d'un tigre, d'une panthère ou d'une autre bête féroce ? Sur terre, pareil cri aurait provoqué une grande terreur chez Ève et Adam. Mais ils sont dans le jardin d'Éden, et ils n'éprouvent étrangement aucune crainte. Au

contraire, ils essaient d'identifier la provenance du rugissement afin de mieux s'en approcher. Une centaine de pas, et ils aperçoivent un lion et une lionne. Ils les observent,
en silence. Les lions ne leur prêtent aucune attention, car ils sont sur le point de
s'accoupler. La lionne semble en période de
rut. Elle tourne autour du lion, se roule à ses
pieds, se frotte la tête contre son cou ; elle se
met à plat ventre et relève sa croupe. Ève et
Adam admirent les félins en plein accouple-
ment, à seulement quelques coudées de distance de l'endroit où ils se trouvent. Un spectacle d'une stupéfiante splendeur. Le lion
garde la nuque de la lionne dans sa gueule et
la mordille au cou. La copulation ne dure
qu'une trentaine de secondes, environ. En
raison des protubérances épineuses sur le pénis du lion, la lionne semble éprouver une
certaine douleur lorsque son partenaire se retire d'elle. Cela ne l'empêche pas d'accepter à
nouveau d'être pénétrée quinze minutes plus
tard. Ève et Adam regardent à nouveau ce
même spectacle, fascinés.

La vue de cet opéra sexuel a pour effet
d'attiser la sensualité d'Ève et Adam. Depuis

que le Créateur leur a redonné leurs corps entièrement nus, ils ne se sont pas posés comme des êtres pouvant se désirer mutuellement. Seule la communication avec le Divin a captivé leur attention. En l'absence du Créateur, ils se permettent enfin de s'examiner corporellement et se laissent emporter par le désir qui monte en eux, avec force. Une fois de plus, c'est Ève qui prend l'initiative de la parole :

- Adam, que dirais-tu si on essayait d'imiter les lions ?
- Tu serais prête à jouer le rôle de la lionne, lui répond Adam
- Peut-être ? À toi de retrouver ta primitivité.
- Te sens-tu comme une lionne en période de chaleur ?
- Je ne suis pas une lionne, je suis une femme, lui répond gentiment Ève avant d'ajouter :
- Mais je me sens comme une femme désinhibée, qui aimerait expérimenter une sexualité brute, une sexualité animale.

Adam réfléchit un instant à la proposition d'Ève. Et, plus il y réfléchit, plus il trouve sa réflexion absurde. Sur terre, ce sont habituellement les hommes qui font de telles propositions aux femmes. Et, sur terre, Ève n'aurait probablement pas fait une telle avance à un homme. Mais, ils sont dans le jardin d'Éden où règne le Bien et où la pudeur n'existe pas. Et Dieu leur a donné la capacité de perpétuer leur espèce. Toutefois, contrairement aux autres espèces, il n'a pas assujetti leur sexualité à des déterminismes biologiques. Chez l'humain, il n'y a pas de périodes de rut. La sexualité devient alors essentiellement dépendante des prescriptions et des proscriptions sociales. Étant dans le royaume des cieux, Adam se rend compte, après réflexion, qu'il n'a aucune raison valable de refuser la proposition d'Ève. Il lui répond simplement enfin :

- Ève, j'accepte ta proposition.

Ève se contente de sourire. Elle sait qu'elle est dans la vérité. Elle sent jaillir en elle un puissant désir sexuel. Elle se met à se déhancher pour attiser le désir d'Adam. Elle regarde Adam droit dans les yeux, tout en continuant ses frémissements corporels. Elle agite sa longue chevelure. Avec sa main droite, elle caresse ses seins, son ventre, son entrejambe. Et puis, elle s'agenouille, et elle lèche doucement le pénis d'Adam qui est déjà en état d'excitation. Comment résister à une telle sensualité ? Adam pose une main ferme sur la chevelure d'Ève afin que celle-ci se relève. Il a une envie folle de lui donner un baiser profond, un baiser que nulle mémoire ne peut oublier. De toute sa vie terrestre, il n'a jamais embrassé une femme avec une telle passion. Tout en embrassant Ève, il lui caresse doucement le dos. Sa peau est lisse, une véritable soie noire. Ève s'agite de plus en plus. Son vagin est maintenant rempli de ce nectar de réceptivité. Un désir d'être profondément pénétrée l'envahit. Elle se met à quatre pattes, le derrière bien relevé. La voyant ainsi offerte, Adam éprouve l'irrésistible besoin de prendre possession d'elle. Son membre en érection complète s'enfonce alors dans ce territoire délicieux. L'excitation d'Ève et d'Adam est tellement forte que tous deux parviennent rapidement à la jouissance, en quelques minutes. Une jouissance édénique pour ne pas dire nirvanique !

Puis ils s'enlacent, enfin, pour ne faire qu'un. Un sentiment amoureux les envahit, soudain. Et, à peine une heure après leur premier échange sexuel, ils récidivent mais, cette fois-ci, dans un scénario sexuel plus sophistiqué, faisant davantage appel à la créativité.

Leur appétit sexuel assouvi, l'homme et la femme continuent leur promenade. La végétation est, ici, partout luxuriante et diversifiée. Ils y voient de nombreuses espèces animales dont certaines ayant disparu depuis bien longtemps sur terre. C'est comme si le Créateur avait voulu conserver intactes toutes les espèces infrahumaines qu'il a créées. Une chose intrigue Adam et Ève : pourquoi ne rencontrent-ils pas d'autres humains corporalisés dans ce Paradis ? De plus, la sélection naturelle et la lutte pour la survie ne semblent pas opérantes. Chose encore plus étonnante, les mâles ne semblent pas rivaliser entre eux pour la possession d'une femelle en période de rut. Tout se déroule dans une parfaite harmonie, en une quiétude inimaginable sur terre.

Le soir venu, Ève et Adam songent enfin à se reposer. Ils ont sommeil. La clarté se transforme subitement en une obscurité quasi totale. On ne voit ni nuages ni étoiles dans le ciel. Même les animaux qui étaient nocturnes sur terre s'endorment paisiblement. Ève et Adam s'étendent sur le sable, près d'une mer assoupie. Ils se couchent sur le dos en se serrant la main en signe d'attachement affectif. Tandis qu'ils tardent quelque peu avant de basculer dans le rêve, l'impensable se produit sous leurs yeux. Tout à coup, ils voient apparaître au-dessus de leur tête des milliers de cercles lumineux dorés, des auréoles.

- Serait-ce une nouvelle apparition du Créateur, interroge Ève, tout étonnée ?
- Je n'en ai aucune idée, contentons-nous pour l'instant d'observer ce qui se passe, suggère Adam.

Les cercles lumineux continuent d'évoluer au-dessus de leur tête. Ils sont tous de la même dimension. Certains circulent plus près d'Ève et d'Adam. Ils s'acheminent en une sorte de danse qui suscite l'envie de se joindre à eux, comme une chorégraphie des retrouvailles. Adam n'y comprend rien. Ève, quant

à elle, croit avoir deviné leur signification.
Elle dit à Adam :

- J'ai l'intuition que ces cercles lumineux
  sont les âmes humaines qui ont accédé
  au royaume de Dieu.
- Très bonne intuition, lui accorde Adam,
  subjugué par ce spectacle absolument
  stupéfiant.

Partant de cette supposition, Adam
s'imagine alors que seules les âmes humaines
sont visibles dans le jardin d'Éden sous la
forme d'un cercle lumineux. Il présume aussi
que les auréoles plus près d'eux représentent
leurs ascendants proches, ayant pu accéder au
Paradis.

- Ingénieuse déduction, mais comment savoir vraiment s'il en est ainsi ?...
  s'enquiert Ève, en raisonnant presque à
  voix haute.

Adam a une idée. Il marque sur le sable les
initiales d'une personne qui lui a été très
chère dans sa vie terrestre, en l'occurrence
celles de sa propre mère. Ève en fait de
même. Ils patientent dès lors, dans l'espoir

que les cercles lumineux correspondant à ces êtres, toujours chers à leur cœur, se rapprochent d'eux. Et, en effet, ils voient bientôt planer tout près de leurs têtes deux cercles lumineux.

« C'est ma mère !», s'écrie Ève.

« Et, là, la mienne », s'écrie aussi Adam.

Un murmure se fait alors entendre et, dans un souffle aussi doux que celui d'une brise d'été, la voix de l'un des deux cercles s'adresse à Adam :

- Adam, mon cher petit, mais que viens-tu donc faire ici avant l'heure ?
- Maman, ma chère et douce maman… ! Pourquoi ne puis-je te voir comme auparavant ?
- Parce que nous sommes des âmes qui survivent ici, sans leurs corps terrestres. Nous ne souffrons donc plus des maux physiques liés à notre état précédent, car nous sommes devenus des esprits à l'état pur. En tant que tels, nous évoluons dans ce paradis, sans pesanteur. Mais, réponds-moi plutôt… que fais-tu ici ?

- Je suis venu en quête de moi-même. Avec ma compagne Ève, nous sommes en recherche de réponses concernant les premiers temps, à l'origine de la création de la femme et de l'homme !
- Ah, mon fils, je te retrouve bien là, toujours d'une grande clémence à l'égard de la gent féminine. Tu n'as pas changé et je suis extrêmement fière de toi.
- Mais, chère maman, à quoi peux-tu voir cela ?
- Tout simplement parce que, en me répondant, tu as parlé de la création de la femme et de l'homme et non pas de celle de l'homme et de la femme, comme l'auraient fait bon nombre de tes semblables.
- Bien ! Toujours aussi perspicace, maman, remarque Adam, tout souriant.
- Je suis heureuse de te revoir, mon enfant, si heureuse !
- Moi aussi, maman ! Moi aussi !... murmure Adam d'une voix étranglée par l'émotion.

Tandis qu'il converse paisiblement avec l'âme de sa mère, Ève tend l'oreille et écoute aussi ce qu'ils se disent, tandis que le cercle lumineux s'étant rapproché d'elle se contente de tourner autour d'elle, sans pour autant la toucher. Mais dès que le silence s'installe momentanément entre la mère et son fils, la voix de cette autre âme s'élève dans un chuchotement tout aussi doux, et se met à parler à Ève :

- Ève, ma fille, ma chère fille, te souviens-tu de ce que tu m'avais dit lorsque j'étais mourante ?
- Comment oublier cela, maman ? Non je n'ai rien oublié !
- Tu m'as dit ceci, en pleurs bien sûr : « La vie n'est pas juste, si nous devons accepter de voir la mort nous ravir nos êtres les plus chers, sans jamais prévenir ! »
- Oui, maman, admet Ève dans un souffle étouffé.
- Mais, comme tu le vois et comme tu le sais à présent, la mort n'est pas la fin. Ce n'est que le commencement. À chaque fin succède un nouveau départ. Ainsi s'enchaîne immanquablement le cycle immuable de la vie pour toute chose dans l'univers.

- C'est vrai, maman, je réalise tout cela à présent, et je crois que je poursuivrai ma route sur terre, dorénavant, de façon bien plus sereine !
- Va, vis et sois heureuse, ma toute belle ! lui dit encore sa mère, en émettant alors une onde énergétique qui vient l'entourer d'une étreinte douce et légère, de façon extraordinaire.

Ève se sent alors enveloppée dans une bulle qui lui procure instantanément un bien-être inexprimable. L'émotion jaillissant de ce moment particulier est tout simplement phénoménale. Adam ressent la même chose, presqu'au même moment, puis les âmes tournoient encore un bref instant autour d'eux, avant d'aller rejoindre les autres, plus haut.

Ève et Adam restent silencieux, longtemps après ce contact aussi inattendu que bouleversant. Ils se plongent dans leurs souvenirs respectifs, tout en se tenant enlacés. Même s'ils sont très fatigués, ils ont du mal à fermer les yeux et à s'endormir. Les cercles lumineux ont disparu, et c'est de nouveau l'obscurité totale. Ève repense à ses ascendants, à toutes celles et à ceux qui lui ont permis de vivre sur terre. Adam est complètement absorbé par ce qu'il vient de vivre, notamment, par l'apparition de l'âme de sa mère. Il se doutait bien qu'elle était dans le royaume de Dieu, mais là, il en a une preuve irréfutable.

Toujours les yeux grands ouverts, Ève et Adam sont concentrés sur leurs pensées respectives. Encore une fois, ils aperçoivent au-dessus de leurs têtes un immense rayon de lumière. Ne s'étant pas encore suffisamment familiarisée avec ces phénomènes extraterrestres, Ève se blottit dans les bras d'Adam. Point n'est besoin de dire qu'Adam n'oppose aucune résistance à cette initiative, bien au contraire ! Ils observent tous deux cette luminosité éclatante, ainsi enlacés. Petit à petit apparaissent à leur tour des milliers de carrés lumineux. Fortement intriguée par cette nouvelle apparition, Ève interroge son compagnon sur le sens de tout cela. Adam avance une fois de plus qu'il est préférable d'attendre de voir de plus près ces carrés lumineux. N'en demeure pas moins qu'il a une intuition sur la nature de ce phénomène nouveau. Il pense qu'il s'agit probablement là des âmes des hommes terrestres ayant rejoint le Divin.

Et, tout comme les cercles lumineux, précédemment, quelques carrés emplis de lumière se rapprochent de leurs têtes. L'intuition d'Adam semble se confirmer : il s'agit des proches ascendants masculins d'Ève et de lui.

- Ma fille bien-aimée, comme je bénis l'Éternel de pouvoir te voir ici, bien avant l'heure. Ta mère vient de m'instruire de ta présence et elle m'a également expliqué que vous n'étiez que de passage.
- Papa ! s'exclame aussitôt Ève, en se détachant soudainement d'Adam pour se rapprocher du carré lumineux qui vient de s'adresser à elle.
- Oui, ma fille, je vais bien, comme ta mère. Tu vois, nous ne sommes plus pareils qu'auparavant, mais nous existons toujours.
- Oui, papa, et j'en suis fort heureuse. J'espérais tant que vous puissiez accéder au paradis, maman et toi, après votre sé-

jour sur terre ! Je ne peux que me réjouir de constater que c'est vraiment le cas.

- Moi aussi. Mais, dis-moi voir un peu. Qui est cet homme qui t'accompagne ?

- Un ami, papa, un ami très cher ! lui affirme Ève, d'une voix troublée dont l'émotion contenue n'échappe pas à son père.

- Explique-moi donc papa, pourquoi maman et toi n'êtes pas ensemble.

- Oh, tu sais ma fille, ici, être ensemble ne veut strictement rien dire. Nous formons une communauté d'âmes en paix et nous sommes libres de nous retrouver, les uns les autres, sans avoir à justifier d'un état marital ou non. L'union, tel qu'elle est vécue ici, sans pour autant être assimilée à l'union libre comme on l'entend sur terre, se fait non plus par le corps, mais par le biais d'une connexion énergétique totale.

- Vous voulez dire que vous avez la capacité de fusionner complètement les uns avec les autres, comme bon vous semble…? s'enquiert alors Adam, qui n'a pu s'empêcher d'intervenir alors dans la conversation entre le père et sa fille, tout en ne quittant pas des yeux le second carré lumineux qui se meut autour de lui.

- Le sentiment d'appartenance n'a plus vraiment d'importance dans ce jardin d'Éden. En réalité, la fusion de deux ou de plusieurs âmes nourrit instantanément la communauté tout entière, de façon naturelle. Il n'y a donc ni jalousie ni envie, ni même désir de possession entre nous, mais, plutôt, une volonté de communier de façon harmonieuse, en sachant que le bien qu'éprouvent les uns rejaillit simultanément sur les autres.

- Incroyable ! s'exclament Adam et Ève, presque en même temps, à ces mots.

Adam entend enfin la voix de son propre père, un père très croyant, mais qui avait énormément de difficulté à exprimer son affection profonde à l'égard de ses proches.

- Adam, mon fils, j'ai échoué en n'ayant pu être suffisamment présent pour ta mère et pour toi. Je sais que je n'ai pas été un père complètement adéquat pour toi et je t'en demande sincèrement pardon.

- Papa, mon cher papa, c'est du passé tout ça. Tu as fait ton devoir de père, tu as travaillé très fort et tu as assuré notre confort matériel. Tu m'as initié à différents sports et, surtout, tu m'as appris à désirer et à aimer les femmes. Mais, oublions tout cela et réjouissons-nous plutôt d'avoir la chance de vivre cette rencontre impensable.

- Tu as raison, mon fils ! Comme je suis heureux de te revoir et de voir à quel point tu as évolué. Ta mère m'a aidé à échapper au pire grâce à la compassion dont elle fit preuve à mon égard. Elle m'a également pardonné et, si je suis ici aujourd'hui, je le lui dois beaucoup.

- Je t'aime papa, plus que tu ne l'imagines, lui avoue enfin Adam.

Adam se cache alors la tête entre les genoux et étouffe un sanglot, ne voulant pas qu'Ève le voie ainsi succomber à l'émotion. Un silence paisible les entoure. L'esprit de son père se rapproche doucement et lui communique une vague d'amour qui le régénère profondément de l'intérieur, de façon surprenante. Ève voit également l'âme de son père se rappro-

cher d'elle pour lui insuffler une décharge affective d'une rare intensité. Adam et Ève sont
tellement occupés à savourer ce moment précieux, d'une rare félicité, qu'ils en émergent
tout juste à temps pour voir les carrés lumineux, représentant les leurs, s'éloigner dans
un beau mouvement d'adieu, en dessinant des
cœurs.

C'est à nouveau l'obscurité totale. Ève et
Adam s'endorment, enfin, paisiblement.

Ils se réveillent à l'aube, au doux son du
chant des oiseaux. Tout près d'eux, se trouvent de nombreux arbres fruitiers ainsi qu'n
petit étang d'eau. Ils n'ont jamais mangé des
fruits aussi savoureux. Un frais régal ! Et il
épanche leur soif en buvant un peu d'eau de
l'étang. Ève a de nouveau envie de faire
l'amour, mais elle ne le manifeste pas à
Adam. Elle préfère laisser monter en elle le
désir, de se laisser envahir par lui. Adam lui
suggère de continuer à explorer ce jardin si
impressionnant. Ils savent que bientôt ils devront redescendre sur terre. Ils veulent profiter au maximum du privilège qu'ils ont eu
d'accéder au Paradis. Leurs yeux n'en finis-

sent plus de s'éblouir à la vue de la splendeur des lieux. Chemin faisant, Adam repense aux cercles et aux carrés lumineux. Toujours à la recherche des origines de la femme et de l'homme, il se demande pourquoi les cercles étaient des âmes féminines et les carrés des âmes masculines. Il s'en ouvre à Ève. Celle-ci, habituellement très perspicace, est pour le moins embarrassée. Elle se contente de formuler une sorte d'évidence :

- C'est parce que le Créateur l'a voulu ainsi.
- Mais pourquoi Dieu l'aurait-il voulu ainsi, chère Ève ? insiste Adam.
- Je n'en ai aucune idée, admet Ève, un peu mal à l'aise.

Ève et Adam poursuivent leur balade sur le territoire divin. Après quelques heures, ils sont un peu fatigués et une pause s'avère bienvenue. Ils s'assoient à l'ombre, tout près d'un immense chêne. Tout à coup, une colombe d'une blancheur immaculée et éblouissante vient se poser devant eux. Ève ne peut s'empêcher d'y voir une nouvelle symbolique. Elle se tourne vers Adam, elle lui fait remarquer :

- Adam, c'est une colombe ! Elle symbolise l'amour et la paix. Dans l'Ancien Testament, c'est une colombe qui amène un rameau d'olivier dans son bec afin d'indiquer à Noé que le déluge est terminé. Lors du baptême de Jésus-Christ dans le Jourdain, par Jean le Baptiste, une colombe était aussi présente. On a cru que cette colombe au-dessus de la tête de Jésus symbolisait le Saint-Esprit.
- C'est tout à fait juste ce que tu soulignes, acquiesce Adam.

La colombe reste là, immobile devant eux. Elle fixe son regard sur Ève et Adam. C'est comme si elle voulait leur envoyer un message. Elle se met soudainement à battre des ailes, puis elle voltige à quelques mètres du sol. Ève et Adam sont obnubilés par ce qu'ils voient. Leur intuition leur dit qu'il va se passer quelque chose pouvant transcender l'imaginable et bouleverser les croyances humaines. En un bref instant, la colombe se métamorphose. Apparaît alors une femme d'une beauté éclatante, tout de blanc vêtue.

- C'est Marie, c'est Marie, s'exclame aussitôt Ève.
- Oui, c'est elle, c'est vraiment elle, s'enthousiasme Adam, à sa suite !

La dame entame la conversation, d'une voix douce et sereine :

- Mon Créateur, le Dieu suprême m'a envoyé vers vous afin d'éclairer vos esprits. Posez-moi les questions que vous souhaitez, et je vous y répondrai.

Ève et Adam sont sidérés. Ils restent muets durant un moment avant de se ressaisir. C'est Adam qui ose, le premier, interroger cette apparition :

- Vous venez d'apparaître suite à la métamorphose de la colombe. Est-ce à dire que la colombe constitue l'un de vos symboles ?
- Je suis la fille du Dieu Suprême, et c'est moi qui ai assisté au baptême de Jésus, le

fils de Dieu, sous forme de colombe, il a
de cela plus de deux mille ans.

- Vous êtes le Saint-Esprit alors !...énonce
Adam.

- Le Créateur a engendré deux enfants :
mon frère Jésus-Christ et moi ; mon frère
est un Dieu et, moi une Déesse. Le
Saint-Esprit est le lien d'amour entre
nous trois.

La Déesse Marie confirme ce que le Créateur avait déjà laissé entendre à Ève et Adam.
Il avait également mentionné le fait qu'il avait
donné à son fils Jésus le rôle de Sauveur de
l'humanité parce que les personnes de cette
époque étaient plus réceptives à une parole
masculine.

En tant que femme, Ève est particulièrement
ravie de savoir que la Sainte Trinité est composée d'éléments aussi bien masculins que
féminins. Le Créateur, le Dieu suprême peut
être à la fois mâle et femelle, homme et
femme. Et il a créé un Dieu mâle, Jésus et un
Dieu femelle, la Déesse Marie. Adam est également content d'apprendre cela, car c'est

pour lui un signe d'équilibre fondamental, de grandeur divine.

Une autre chose intrigue fortement Ève, cependant, à savoir le mystère de l'Immaculée Conception. Elle pose la question suivante à Marie :

- Marie, fille de Dieu, est-ce vrai que vous êtes restée vierge, que vous n'avez pas eu de relations sexuelles avec Joseph, votre mari sur terre, et que vous avez enfanté Jésus, le fils de Dieu ?
- Ma chère Ève, seuls les dieux ou les déesses imaginés et inventés par les humains peuvent avoir eu des relations sexuelles avec des humains. Par exemple, plusieurs dieux grecs, Zeus et Aphrodite, entre autres, pouvaient avoir des rapports sexuels avec les humains, selon les mythes. Toutefois, les vrais Dieux, le Créateur, mon frère et moi, ne pouvons partager nos chairs avec les êtres humains. Avec l'aide du Créateur et, grâce à ma propre puissance divine, j'ai donné naissance sur terre à mon propre frère Jésus.

Adam s'étonne que les théologiens chrétiens n'aient jamais exploré cette piste. Les protestants ont même remis en question, voire même désavoué, le dogme de l'Immaculée Conception. Et l'Église catholique, tout en vouant un certain culte à Marie, n'a jamais envisagé de lui donner le statut de Déesse. Adam était catholique par lien parental, même s'il n'a jamais été très pratiquant, tout comme sa mère. Mais il s'est souvent demandé pourquoi l'Église catholique, contrairement à l'Église protestante, accordait une importance si grande à la mère de Jésus. Il y voyait une sorte de consécration de la Mère, de sa propre mère, et cela le réconfortait.

Une interrogation lui vient à l'esprit : il se demande pour quelle raison les âmes humaines qu'il a vues précédemment sont différenciées en cercles et en carrés lumineux. Il questionne la Déesse Marie à ce sujet et elle lui explique ceci :

- Cher Adam, la volonté du Dieu suprême est insondable et Ève a eu raison de te répondre à cette même question que c'est parce que Dieu l'a voulu ainsi.

Mais en tant que fille de Dieu, je peux t'apporter un élément de réponse supplémentaire. Pour le Créateur, la différence entre les sexes est le socle de l'évolution. Si cette différence disparaît, ce sera le retour à la parthénogenèse et à l'indistinction. Seuls subsisteront des êtres clonés, uniformes. À travers la différence des sexes, le Créateur a voulu créer des êtres différents, pour ne pas dire uniques. Des êtres qui auront la liberté de choisir s'ils ont foi ou non en lui. Et dans le royaume des cieux, ils conserveront leurs particularités, leur statut, comme le fait d'avoir été des femmes ou des hommes sur la terre.

Adam ne comprend pas trop bien toutes les résonances de cette réponse. Il espère, néanmoins, qu'Ève pourra lui faire profiter ultérieurement de sa plus grande intelligence émotionnelle.

Avant que Marie ne disparaisse de leur vue, Ève lui adresse cette dernière question :

- Marie, fille de Dieu, est-ce que Vous reviendrez un jour sur notre terre ?

- Ève, ma chère fille, oui je reviendrai sur terre, s'il le faut. Mais si je reviens, ce sera lorsque l'humanité aura suffisamment mûri et que les gens auront compris la vérité en ce qui concerne ma nature divine. Lorsqu'ils comprendront que le divin ne se limite ni au masculin ni au féminin, mais qu'Il se dévoile diversement, selon son envie et sa grande sagesse, alors pourrai-je leur apparaître, en tant que telle, dans la vérité de mon être.

- Ce serait formidable de pouvoir vivre ce moment extraordinaire où vous apparaîtriez dans toute votre divine splendeur, face à la foule des gens incrédules qui ne jurent que par le Dieu potentiellement mâle, selon eux… ! s'extasie naturellement Ève.

- Qui sait, peut-être nous reverrons-nous alors… ? Seul le Dieu Suprême en décidera, précise Marie.

Puis elle se métamorphose à nouveau en colombe et s'envole vers l'horizon lumineux d'un éclat surnaturel, absolument captivant, qui l'absorbe rapidement avant de laisser place à un superbe ciel azuré.

Cela fait plusieurs jours qu'ils explorent ensemble ce territoire fabuleux et vont de surprises en surprises. Depuis leur rencontre avec Marie, fille de Dieu, ils ont profité de la douceur et de la beauté des lieux, tout en apprenant à se connaître de mieux en mieux, à partir de discussions inhérentes aux multiples découvertes qu'ils viennent de faire. Le temps s'écoule paisiblement. Ils se laissent simplement vivre, sans vraiment chercher à accélérer le cours des choses, tant ils se plaisent dans ce lieu magique, où rien ne prête à confusion et où tout respire la beauté et la sérénité. À cela vient s'ajouter une magnifique union des cœurs et des chairs.

Mais alors qu'ils se reposent sur une branche mère d'un bel arbre, près d'un lac, cheveux au vent et les pieds dans l'eau, une brume légère se dessine soudain à l'horizon et attire leur attention. Tandis qu'ils se demandent ce que cela peut bien être, une forme humaine d'une beauté prodigieuse surgit de la nuée et leur fait signe d'avancer vers elle. Ève et Adam se regardent tout abasourdis, indécis. Comment aller vers cette apparition sans barque ni autre moyen de navigation, alors même qu'elle se trouve en plein milieu de la grande étendue d'eau déployée devant eux ? Curieuse, Ève secoue pourtant vivement le bras d'Adam et l'interpelle d'une voix qui dénote une certaine impatience :

- Viens, on nous attend, lui dit-elle tout en l'entraînant à sa suite par le bras.

Adam saisit aussitôt cette main offerte, car il vient de comprendre la portée du geste d'Ève, sans qu'elle ait eu à s'expliquer. Croire suffit, parfois, pour ne pas dire souvent et l'Évangile regorge de passages mettant clairement en évidence cela. Ils se mettent donc en marche et, dès qu'ils posent les pieds à la surface de l'eau, ils sont entraînés par une sorte d'onde magnétique les transportant vers l'endroit précis où ils comptent se rendre. À une vingtaine de coudées, environ, de l'être qui vient de les inviter à le rejoindre, ils distinguent davantage ses traits et s'extasient aussitôt en cœur :

- Jésus de Nazareth !
- La paix soit avec vous, leur offre-t-il, effectivement en guise d'accueil, tout en levant sa main droite pour les bénir, lorsqu'ils parviennent à son niveau.
- Amen, s'entendent dire Adam et Ève, instinctivement, sans même réfléchir.
- Oui, je suis Jésus, dit le Nazaréen, fils de Dieu.

Toujours sous le choc de cette incroyable rencontre, le couple demeure silencieux et ne peut s'empêcher de dévorer des yeux l'être qui se tient à présent devant eux, si près d'eux, tant sa présence les impressionne et les captive.

- Soyez les bienvenus dans ce royaume.
- Merci, Seigneur, finit par murmurer Adam, aussitôt suivi par Ève.
- Avez-vous fait le tour des questions qui vous intriguaient avant votre venue ici ? s'enquiert alors Jésus.

- Pour la plupart oui, lui répond timidement Ève, tout en tentant de recouvrer un peu d'assurance.
- Vous venez de nous souhaiter la bienvenue dans ce royaume de Dieu, y en aurait-il d'autres ?
- Oui, mes amis, il y en a d'autres. Chacun d'eux constitue une étape décisive pour les âmes, qui peuvent choisir d'y demeurer pour l'éternité ou d'aller vers d'autres lieux afin d'y parfaire leur évolution. Chaque fois qu'un cap important est franchi, elles ont l'opportunité d'évoluer et sont libres de la saisir ou non.
- Les paradis sont donc multiples ! s'exclame aussitôt Ève, ébahie !
- Même sur terre vous aspirez à vous déplacer, dès que vous le pouvez, afin de découvrir d'autres gens, d'autres lieux dans le but de compléter ainsi vos connaissances. Il en va de même ici.

Ève s'était déjà demandé auparavant ce que serait un paradis où règnerait un ordre immuable et dans lequel tout serait continuellement parfait. Elle en avait alors conclu qu'un

tel lieu finirait par s'avérer mortellement en-
nuyeux. Bien sûr, elle était consciente que sa
réflexion sur l'ennui, elle la faisait en tant
qu'humaine. Elle savait, plus ou moins cons-
ciemment, que cela était une projection de sa
propre réalité terrestre, une façon de surmonter sa propre angoisse de la mort. Mais, cette
réponse de Jésus la conforte tout de même ;
elle est heureuse d'apprendre que le paradis
offre bien plus qu'un bien-être immuable.

Adam est perplexe. Tout comme Ève, c'est
la première fois qu'il entend parler de plusieurs paradis. Mais Jésus laisse entendre
qu'il y aurait une sorte de gradation dans les
divers paradis, et qu'à partir du moment où un
cap important serait franchi, l'âme aurait alors
la possibilité et la liberté d'accéder à un autre
monde paradisiaque qui lui permettrait
d'évoluer davantage, de se parfaire. Adam se
demande comment une âme peut progresser
ainsi. Il pose la question à Jésus, qui leur annonce ceci :

- Cher Adam, seul Dieu ne peut évoluer,
car il est parfait. Les âmes humaines
peuvent évoluer sur la terre, vous en

conviendrez. Même si Dieu les accepte dans son royaume, elles restent imparfaites. Elles peuvent demeurer ainsi paisiblement pour l'éternité. C'est le cas de la plupart. Mais d'autres manifestent le besoin de me ressembler un peu plus, d'aller au plus près de la perfection. Ils n'atteindront jamais l'ultime perfection, mais pourront s'en rapprocher de façon significative. C'est moi qui évalue la force de leur motivation à se dépasser. Et lorsque cet élan de dépassement est suffisamment fort, je leur donne la possibilité d'aller vers d'autres paradis, et de tendre un peu plus vers la pleine réalisation de leur être.

Adam comprend mieux le sens des paradis diversifiés. Toujours intéressé aux différences entre les sexes, il se demande s'il y a un sexe prédominant chez les âmes qui manifestent un plus grand besoin de dépassement et qui optent pour cette opportunité d'aller explorer d'autres paradis. Il n'a pas fait le décompte exact, mais il lui semble que sur terre, il y a plus d'hommes que de femmes qui ont été sanctifiés, plus de saints que de saintes. Et les personnes sanctifiées ont-elles plus de chances d'aller d'un paradis à l'autre pour se rapprocher de la perfection ? s'interroge-t-il. À cela, Jésus lui répond :

- Il est vrai que le Créateur a créé des âmes féminines et masculines. Il est aussi vrai que l'Église catholique a sanctifié plus d'hommes que de femmes au cours de son histoire. Mais je vous dirai tout d'abord que ce n'est pas toutes les personnes sanctifiées qui ont eu accès au royaume de Dieu. Il existe de faux saints, plus rarement de fausses saintes. Et je vais vous surprendre encore plus en vous disant que les âmes des saints, qu'elles soient masculines ou féminines, ne sont pas nécessairement celles qui manifestent le plus le besoin de dépassement. Pour la plupart, elles demeurent paisiblement dans le premier paradis, et cela pour l'éternité. Parmi les âmes qui vont d'un paradis à l'autre, cela s'équivaut entre les âmes masculines et féminines.

Quelle révélation ! Adam, et surtout Ève, n'en reviennent pas. Si les membres du Vatican savaient cela, ils en frémiraient d'horreur. La curiosité d'Ève l'amène à poursuivre la conversation :

- Jésus, fils du Dieu suprême, j'hésite un peu à vous poser une question, car elle pourrait vous sembler trop indiscrète.
- Pose ta question, ma chère Ève, je suis ici pour combler ta soif de connaissances.
- Merci à vous fils du Créateur ! Est-ce que Mahomet, le grand prophète musulman, a eu cette possibilité d'entrer dans plusieurs paradis ?
- Mahomet est un grand prophète. Il n'est pas le fils du Créateur et il n'a jamais cru que j'étais le Messie. Mais il a été choisi par le Créateur pour transmettre sa parole divine. Bien sûr, il a été bien accueilli dans le royaume des cieux et il a également eu le choix d'avoir accès à plusieurs paradis.

Ève est soulagée. Elle se dit que, peut-être, un jour sur terre, toutes les religions qui croient en Dieu enfouiront la hache de guerre profondément dans le sol. Elle pense à l'avenir des peuples terriens, à leurs descendants. Une pensée lui vient à l'esprit concernant la descendance. Elle se demande si le fils de Dieu, Jésus, et la fille de Dieu, Marie, ont eu d'autres descendants divins. Elle s'en ouvre à Jésus sur cette interrogation.

- Chère Ève, lui explique Jésus, le Dieu suprême est unique. Il a créé deux autres êtres à son image, deux êtres parfaits, moi et Marie. Nos vrais noms sont Dieu-fils et Dieu-fille. Il n'y a pas, et il n'y aura pas d'autres dieux, et ce pour l'éternité.

Avant que Jésus ne disparaisse, Ève et Adam meurent d'envie de lui demander s'il pourrait les aider à aller plus loin dans leur recherche des origines et de l'évolution de l'humain, et plus particulièrement de la femme et de l'homme. Mais, en même temps, ce n'est pas dans leurs habitudes de solliciter des faveurs, des privilèges. Ils restent alors silencieux. Jésus leur affirme néanmoins :

- Je lis dans vos pensées que vous avez une faveur à me demander. Vous souhaiteriez que je vous donne la possibilité de retourner sur terre à des époques passées ou futures. Vous aimeriez vous mettre dans la peau des hommes et des femmes de ces civilisations ou pouvoir simplement communiquer avec eux, tout en conservant vos propres identités actuelles. Je vous accorde ce privilège, non seulement parce que vous avez eu un entretien avec le Dieu Créateur, celui qui m'a engendré, mais surtout parce que vous êtes sincères dans votre quête du savoir. Toutefois, je limiterai votre périple. Vous aurez à choisir seulement deux périodes de l'humanité. Je vous laisse la liberté de faire ce choix.

Sur ces paroles, Jésus les bénit à nouveau, puis il disparaît. Ève et Adam s'enfoncent dans l'eau. Ils doivent nager à présent pour regagner la berge. Ils le font paisiblement. Une fois de retour sur la terre ferme, ils ne peuvent s'empêcher de manifester leur exaltation. Ils pourront réaliser l'un de leurs rêves les plus fous. Une intense excitation s'empare d'eux. Adam se rapproche d'Ève. Il la soulève de terre, aussitôt, et la couche sur un doux lit d'herbes fraîches, situé à quelques enjambées de la rive. Ève s'accroche amoureusement à son cou, tout en promenant ses lèvres gorgées de désir sur sa peau, respirant au passage son parfum naturel dont elle s'enivre avec délectation. Adam se repaît du regard enfiévré d'Ève, l'espace d'un instant, puis il s'empare fougueusement de ses lèvres superbement offertes. Tous deux entament naturellement une sublime danse des corps sur le rythme subtil et magique de la fabuleuse musique qui inspire et module leurs désirs mutuels. En cet instant d'une merveilleuse et rare complicité, ils savent qu'ensemble, ils viennent de toucher à l'essentiel et qu'ils sont plus près que jamais d'aboutir dans leur quête de vérité. Cette vérité qui s'inscrit d'ores et déjà dans chacun de leurs moments de communion intime. Félicité et paix, dans cet instant de pure osmose !

Peu de temps après, ils voient réapparaître l'oiseau au plumage arc-en-ciel. Ils en déduisent aussitôt que ce messager du ciel est là pour les reconduire sur terre. Un profond sentiment de tristesse s'empare d'eux, subitement. Comment délaisser cet environnement idéal sans en souffrir un peu ? Ève, un peu plus optimiste qu'Adam, lui dit que, de toute façon, ils reviendront un jour visiter tous les paradis. Ils regardent enfin l'oiseau droit dans les yeux pour lui signifier qu'ils sont prêts à le suivre. Et quelques secondes suffisent pour qu'ils fassent ce voyage du retour.

De nouveau assis sur le même banc du parc Monceau, Ève et Adam ne peuvent s'empêcher de s'enlacer chaleureusement. Et ils repensent à ce que Jésus leur a promis : ils pourront voyager dans le passé ou dans le futur de l'humanité, mais ils n'auront accès qu'à deux périodes. Lesquelles choisiront-ils ? Ève opte spontanément pour un premier choix :

- Adam, nous sommes tous les deux inté-ressés par les origines de l'humanité. Nous devons tout d'abord opter pour les touts débuts de l'humanité en Afrique, car c'est bien là que les premiers Homo sapiens sont apparus.
- Tu as raison Ève, admet Adam, nous ne pouvons occulter ce moment historique. Et tes origines africaines te permettront

de saisir certains archétypes de la primitivité humaine. Ton choix est judicieux.

Le visage d'Ève s'illumine à la seule idée
qu'elle pourra rejoindre ses ancêtres. Intuiti-
vement, elle savait qu'Adam serait d'accord
avec sa proposition. Elle n'hésite pas à lui accorder le second choix. Adam est perplexe.
Son attrait pour les origines le porte, d'une
façon paradoxale, à se laisser fasciner par le
futur, cet espace de temps au-delà du passé et
du présent. Adam opte pour l'année 2065,
cinq décennies après le moment présent. Il
s'en ouvre encore à Ève, une fois de plus, à
propos de ce choix :

- Nous ne pouvons pas vraiment com-
    prendre les origines en faisant abstrac-
    tion du futur. Inévitablement, le futur
    nous ramènera aux origines.

Ève ne comprend pas très bien la dialec-
tique d'Adam, mais elle lui fait confiance.
Elle sait que l'on commence à mourir en nais-
sant, et à revivre en mourant. Les deux choix
sont ainsi déterminés.

L'oiseau au plumage arc-en-ciel est toujours là, devant eux, au parc Monceau. Ève et Adam sont prêts à repartir. L'oiseau les amène dans un territoire africain, à une époque située aux tout débuts de l'humanité, là où les premiers Homo sapiens apparurent. Dans ce lieu, ils pourront s'incarner en deux personnages de leur choix, tout en conservant leur sexe respectif.

3.

Quelque part en Afrique à l'aube de l'humanité

Un soleil crû inonde de lumière un plateau surélevé, situé à environ deux jours de marche de la vallée du Rift. Une végétation abondante et dense s'offre à la vue, partout alentour. Elle s'étend en contrebas et constitue un rempart naturel à ce lieu habité, sur lequel s'élèvent une cinquantaine de huttes, soutenues par d'énormes tiges de bois, recouvertes de plusieurs couches de branches de palmes. Seule l'ouverture au sommet, laissée par l'entrecroisement des tiges principales qui composent la structure centrale de ces modestes habitats, laisse filtrer la lueur du jour.

Sur la place principale, réservée aux festivités, règne un tohu-bohu inhabituel. Situés au centre du village, des baobabs géants, sûrement plusieurs fois centenaires, entourent ce lieu de rassemblement traditionnel. Les pilons tressautent des mains expertes des femmes qui les font aller et venir des mortiers vers le haut, à un rythme plutôt soutenu. Des chants d'encouragement donnent la cadence à ce travail de préparation. Un peu plus loin, des groupes de jeunes gens répètent des gestes de danse dans une chorégraphie visiblement basée sur des mouvements observables chez certains animaux de la savane. Des sauts de gazelle au bond du léopard, en passant par la parade majestueuse des grands fauves, tels que le lion et la panthère, ils miment de façon synchronisée certaines gestuelles propres aux bêtes sauvages dont ils connaissent bien les habitudes. Des propos d'une palabre fusent d'une large concession située à l'extrémité nord de la place. Il s'agit de l'ensemble habitable du chef, composé de plusieurs huttes

dont l'une plus grande que les autres, constitue probablement la salle d'audience. C'est
sûrement là que le chef, que l'on pose comme
un roi divin, reçoit occasionnellement ses su-
jets et pairs.

Simplement vêtues de courtes jupes en raphia, des jeunes filles reviennent de la rivière,
d'un pas dansant, tout en devisant. Une corde-
lette composée de fibres végétales retient des
bandelettes, plus ou moins larges, accolées les
unes aux autres et formant un ensemble suffisamment couvrant pour dissimuler à la vue
leurs parties génitales. Leurs seins fermes
pointent fièrement à l'air libre, sur des poi-
trines plus ou moins pleines, selon leurs âges.
Nul ne semble s'en offusquer autour d'elles et
chacun vaque à ses occupations, sans
s'attarder sur cette partie de leur anatomie
ainsi exhibée, de façon naturelle. Ces filles
s'expriment joyeusement autour d'un événement marquant qui se prépare alors :

- Il paraît qu'il a excellé en tout, lors des
    épreuves auxquelles ils viennent d'être
    soumis ! s'exclame l'une d'elles, vrai-
    semblablement impressionnée.

- Ceci n'a rien d'étrange quand on sait que Kwamé est lui-même fils de chefs, issus d'une longue lignée de brillants chasseurs, réplique une autre.
- Elle a beaucoup de chance, Mawa, d'être sa promise. Et dire qu'ils vont pouvoir convoler en justes noces dès ce soir... ! s'extasie une troisième, d'un air rêveur.
- Il est vrai que je donnerais tout pour être à sa place, renchérit la première.
- Et, moi donc ? Moi aussi ; ça, c'est sûr, s'exclament celles qui ne s'étaient pas encore prononcées à ce propos, les unes après les autres.
- Vivement ce soir pour que l'on puisse s'amuser et se régaler à satiété.
- Moi, c'est la danse qui m'importe le plus !
- Et moi, c'est de voir l'air à la fois réjoui et cérémonieux des mariés lorsqu'on les déclare mari et femme qui m'émeut le plus... se disent-elles encore, avant de rejoindre les femmes, qui s'activent ici et là, pour leur proposer de l'aide.

Pendant ce temps, dans une hutte située à l'écart du village, une jeune fille se recueille en silence. Deux femmes robustes montent la garde devant le battant constitué d'un pan de roseaux, grossièrement tressés, qui se déroule de haut en bas pour fermer l'accès de ce refuge. Mawa, c'est ainsi qu'elle se nomme, se recueille sur une natte dépliée à même le sol, avant de quitter la vie d'insouciance ponctuée d'activités régulières, rythmant jusqu'alors le cours de ses jours. Elle est sur le point d'accueillir Kwamé, son futur époux, qui réside dans une tribu voisine.

Ainsi le voulait la tradition en ces temps éloignés. La solitude forcée s'imposait, avant de s'unir à un étranger pour embrasser une nouvelle vie faite de lourdes responsabilités. Le saut dans l'inconnu. L'inconnu avec un grand I, car les mœurs étaient en pleine évolution un peu partout et ce qui était valable un jour pouvait s'avérer complètement caduc dès le lendemain. Par ailleurs, les tribus bougeaient beaucoup, toujours en quête d'un environnement et de conditions de vie meilleurs. Se marier avec un garçon d'une nouvelle tribu était essentiel pour le maintien des relations de paix, la plupart du temps. La consanguinité ayant été bannie, les filles savaient qu'elles n'avaient pas d'autres choix que d'accueillir les garçons et les hommes des tribus amies.

Mawa pense à son enfance, vite échappée. Peut-on seulement parler d'enfance, en sachant que dès qu'elle a su marcher et parler, elle suivait déjà les traces de sa propre mère? Autour de cinq ans, elle participait aux menus travaux journaliers, aidant les femmes à la cueillette des fruits et des racines comestibles, constituant la base de leur alimentation. Les hommes rapportaient de temps à autre du gibier, produit d'une chasse fructueuse, afin d'agrémenter les repas du quotidien. Mawa aimait aussi apprendre à reconnaître les diverses plantes aromatiques et médicinales, ainsi que leurs vertus. Pour cela, elle ne lâchait pas la vieille Bamba, doyenne de son état, réputée pour son admirable maîtrise dans ce domaine. Elle savait trouver les remèdes appropriés pour toutes sortes de maux, et tous la respectaient.

Mawa se rappelle qu'il arrivait aussi que Bamba s'éloigne du plateau habité pour aller se perdre au fond de la grande forêt, pendant une durée indéterminée. Les gens disaient alors, en chuchotant, qu'elle était allée s'instruire auprès des ancêtres afin de recueillir des enseignements utiles au village tout entier. Dans ces cas-là, Mawa ruminait en silence parce qu'elle aurait aimé l'accompagner dans cette aventure spirituelle, mais nul ne le pouvait, encore moins une enfant. Une grande fête célébrait toujours le retour de Bamba.

Les anciens se réunissaient autour d'elle, tandis que les musiciens usaient de toute leur science afin de l'aider à délivrer son message, sans couvrir le son de sa voix. Elle était alors grossièrement vêtue d'une longue blouse en toile de raphia à larges bandes et un masque de bois ouvragé, figurant un serpent effrayant, dissimulait son visage à la foule se tenant un peu plus loin. Ses bras et ses pieds étaient tapissés de cendre et une coiffe imposante constituée de poignées de paille recouvrait entièrement sa tête. Le doyen des anciens venait lui tendre une calebasse de vin de palme mélangée à la sève d'un arbre mystérieux dont, seuls, quelques initiés connaissaient l'existence et le nom. Bamba se saisissait alors de cette boisson, s'emparait d'une autre calebasse contenant de l'eau, et commençait son rituel captivant.

Elle versait tout d'abord un peu d'eau au sol, tout en psalmodiant un chant mystique, implorant ainsi la paix et la bienveillance des anciens ainsi que celle des dieux. Puis elle répandait un peu de ce vin arrangé sur le sol afin d'offrir leur part du festin aux esprits, avant même d'en boire elle-même une gorgée. Tout de suite après, elle tendait la calebasse de vin au doyen, qui y prenait sa part et qui le faisait passer à ses pairs. La foule se taisait, respectueuse, et nul n'osait alors émettre le moindre son. Même les enfants et les bébés évitaient de se faire remarquer, comme s'ils percevaient instinctivement le caractère sacré de ce rassemblement.

Après cette libation, Bamba se mettait enfin à danser au rythme affolant des tam-tams, jusqu'à entrer en transe. Seulement alors formulait-elle les précieux messages, précautionneusement recueillis par l'assemblée des anciens qui faisait corps autour d'elle. Lorsqu'elle avait fini d'effectuer la transition entre le monde des vivants et celui de l'invisible, elle s'écroulait à terre, et ses adeptes venaient l'emporter dans une hutte isolée afin qu'elle s'y repose. La foule commençait à festoyer à son tour, dès cet instant. Les chants et les danses de réjouissance faisaient dès lors la joie des petits et des grands.

Mawa aurait aimé pouvoir vivre comme Bamba et n'avoir de compte à rendre à personne, ou presque. Toutefois, les adeptes étaient choisis par l'oracle, dès leur naissance, ce qui ne fut pas le cas, la concernant. Malgré tout, elle s'estimait chanceuse de ne pas avoir été donnée en mariage à un vieil homme déjà doté de plusieurs épouses. Elle serait la première femme de Kwamé et toutes celles qui viendraient après elle devraient la respecter et l'honorer en tant que telle. C'étaient les anciens de chaque tribu qui décidaient en matière de mariage. Les parents n'étaient guère sollicités, et l'ancien attribuait les filles en âge d'être marier à tel garçon jugé suffisamment mûr pour cela ou à un homme plus ou moins âgé, selon son bon vouloir. Les garçons pouvaient prétendre au mariage, dès lors qu'ils avaient passé le cap de l'initiation, soit autour de treize ans. Toutefois, ils devaient rejoindre la tribu de leur épouse initiale à cette fin, pour y demeurer toute leur vie durant. Il pouvait dès lors s'entourer d'autres femmes, qui deviendraient alors des épouses secondaires, selon la tradition en vigueur dans la tribu de l'épouse première. Habituellement, ils se contentaient de laisser celle-ci choisir pour eux ces femmes qui viendraient renforcer le cercle familial. Ce système de polygamie confortait la position de la première épouse, perçue comme le noyau central de la vie familiale. Mawa, elle venait de compter son quatorzième printemps et ses formes généreuses n'avaient pas manqué d'alerter le représentant des anciens, qui s'était rapidement manifesté auprès de son père et de sa mère afin de leur signifier qu'il était temps de la préparer pour le grand jour. Se marier, changer de statut social, ne plus se prêter aux jeux d'antan en compagnie des autres jeunes gens, se préparer à enrichir la communauté en y apportant sa part.

Oui, elle prendra époux dès ce soir et cela l'angoisse, même si Kwamé constitue un très beau parti. Qu'en sera-t-il de sa première nuit auprès de ce garçon qu'elle va épouser sous peu ? Elle devra également enfanter, passer par les douleurs de l'accouchement pour s'affirmer enfin comme femme ! Réussira-elle à se montrer digne de ces attentes qui constituaient pourtant le lot de presque toutes les femmes et filles de son époque? Tant de questions, pour l'instant sans réponse, la taraude et elle s'allonge, tantôt, s'assied ou se redresse, brusquement, afin d'effectuer quelques pas nerveux, dans cette hutte si peu spacieuse.

Dès que l'astre du jour se rapprochera suffisamment du point final de sa course journalière et que la nuit commencera à réclamer sa part, on viendra la chercher pour la conduire vers la place centrale où aura lieu la cérémonie du mariage ! Devenir femme, alors même qu'elle n'a pas fini d'être une fille, ne peut s'empêcher de penser Mawa. En même temps, elle sait que toutes les femmes de sa connaissance ont été mariées jeunes, à peine pubères. Sa propre mère n'y a pas échappé. Alors, pour ce qui la concerne, les choses ne risquent pas d'être autrement, constate-t-elle encore avec un peu d'amertume. Et tandis qu'elle cogite ainsi, le temps passe. Et, bientôt, le rapprochement de plusieurs pas pressants l'alerte sur l'imminence du départ.

Une douzaine de femmes minutieusement parées pour l'occasion s'avance vers Mawa. L'une la lave, l'autre la coiffe, une autre peint son visage, le haut de sa poitrine et ses membres à l'aide d'une pâte de kaolin mouillée. Des points entrecoupés de traits fins courent le long de ses bras et de ses jambes. Deux ailes d'oiseau déployées partent de la base de chacun de ses seins et vont se perdre vers la naissance des aisselles. Seul le contour de ses yeux, noircis à l'aide d'une tige végétale trempée dans une poudre minérale de couleur anthracite, affiche un coloris autre, d'une brillance métallique. Pour finir, l'une des dames dévouées à ses soins lui ceint la taille d'une courte jupe en raphia, qui tombe amplement à mi-cuisse. Mawa perçoit pleinement la gravité du moment dès lors, et son regard s'ouvre enfin, résolument, sur le monde qui l'entoure, nul retour en arrière n'étant envisageable. Elle comprend instinctivement qu'il s'agit d'accepter courageusement son destin, de l'envisager de façon stoïque. Elle ne sera pas une plaintive, mais une battante, se dit-elle en son for intérieur, tandis qu'elle se dirige vers la place du village, au milieu de ses congénères qui chantent et dansent joyeusement autour d'elle.

Une foule dense et compacte se trouve déjà assemblée sur le lieu de la cérémonie. Les musiciens, au signal du chant des femmes, viennent à leur rencontre et leur ouvrent ainsi un chemin momentané à travers le mur de gens venus de toute part pour célébrer ce gai événement. Ceux du village de l'époux, des cousins d'autres tribus, sans oublier les alliés qu'il ne faut surtout pas oublier en pareille circonstance, sous peine de discorde et de représailles, sont tous là.

Au moment où elle s'avance pour prendre place sur une grande natte au milieu des femmes, Mawa remarque au passage que Kwamé est déjà installé au milieu des hommes, qui se tiennent à part pour cette occasion. Sa prestance naturelle ne manque pas de l'émouvoir et elle se dit à nouveau qu'elle a de la chance et qu'il ne pourra que faire son bonheur, si tout ce qui se dit à son propos se révèle comme étant vrai. La jeune fille se rassérène donc un peu plus, puis elle laisse son regard glisser sur cette foule gigantesque qui semble n'avoir d'yeux que pour Kwamé et elle.

Kwamé ne semble pas trop déstabilisé par tout ce cérémonial, en dépit du fait qu'il vient d'être circoncis lors du rite d'initiation ayant eu lieu dans sa propre tribu. Il lui aura fallu une dizaine de jours pour surmonter sa douleur physique. Il sait maintenant qu'il est un homme adulte parce qu'il a réussi toutes les épreuves initiatiques. Il sait, par ailleurs, que la véritable force d'un vrai homme ne réside pas seulement dans ses aptitudes physiques, mais surtout dans sa force intérieure et dans sa sagesse.

Au son du cor qui vient d'ébranler l'air, au signal du chef, tous se taisent et dirigent leurs regards affamés vers celui-ci. Le roi-dieu fend alors l'espace vide devant lui, d'un geste ample de ses deux bras, puis il s'adresse enfin à la foule d'une voix forte et mesurée :

- Nous sommes tous réunis sur cette place symbolique, aujourd'hui, afin d'unir ces deux jeunes gens que vous connaissez tous. Kwamé fils de Konaté, lui-même fils du grand Kouyaté... et Mawa, fille de notre bon Houénon, lui-même issu d'une digne et brave lignée... ! En tant que chef de cette tribu, j'officie donc au nom de tous les nôtres et de nos invités, qui ont bien voulu m'accorder ce privilège pour l'occasion. La tribu de Kwamé et la nôtre sont amies depuis tant de lunes, qu'on ne les dénombre plus. Soyez donc les bienvenus parmi nous, mes amis ! Votre fils sera bien reçu et on le traitera avec loyauté chez nous, comme pour chacun des membres de notre tribu.

Le chef se tait et fait alors signe à l'homme installé à l'avant-garde des musiciens. Probablement un griot ou l'équivalent. Celui-ci s'avance aussitôt au milieu de l'assistance et se met à chanter les louanges des hauts faits des ascendants de chacun des futurs époux. Murmures et clameurs de satisfaction parcourent l'assistance, subjuguée et émue par sa voix aux intonations saisissantes et profondes, tandis qu'il chante et proclame la grandeur des uns et des autres. Puis il termine en louant les chefs présents, s'incline devant le chef, et se retire au milieu de sa troupe.

Aussitôt après, le chef se lève et fait signe à Kwamé et à Mawa d'approcher. Ceux-ci s'exécutent, machinalement, et se retrouvent auprès du patriarche en quelques enjambées. Kwamé est pratiquement nu et seul un cache-sexe constitué d'un assemblage de deux larges feuilles, maintenues par une ficelle attachée autour de sa hanche, dissimule ses parties génitales. Une superbe lance dont la pointe en pierre taillée est enfoncée dans la fente adaptée d'un morceau de bois précieux repose à ses pieds, au moment où il perçoit le geste d'invite du patriarche. Une fois en face de celui-ci, Kwamé s'incline respectueusement devant lui, puis il dépose sa lance à ses pieds, en signe d'allégeance. Le jeune homme vient de signifier par ce geste qu'il accepte d'intégrer la tribu de son épouse. Dorénavant, il s'évertuera à respecter les us et coutumes des membres de cette nouvelle communauté, qui l'accepte à travers l'alliance sacrée du mariage. Zuma, le chef, s'avance aussitôt au milieu de la place, entouré de Kwamé et de Mawa, puis, s'emparant de la main gauche du garçon et de celle droite de la jeune fille, il soulève simultanément leurs deux bras, loin au-dessus de leur tête. Puis il les ramène en direction du sol et, effectue un tour complet avec eux, afin que chacun puisse les observer à loisir. Seulement après cela se tourne-t-il vers Mawa, dont il glisse la main droite entre les deux mains de Kwamé. Celui-ci s'empresse de recouvrir de ses mains celle de la jeune fille, tout en soutenant avec bravoure le regard de l'assistance. Il met ensuite un genou à terre, devant l'ancien, signifiant, dès lors, qu'il accepte de prendre celle qu'il lui présente comme épouse. Mawa se contente de sourire et de faire honneur aux siens, en baissant le regard, dès cet instant, sans plus le poser sur nul autre que son époux.

Mawa rejoint les femmes tout de suite après ce rite et, Kwamé, retourne vers les hommes. Les femmes servent joyeusement boissons et repas dans des calebasses autour desquelles se réunissent les convives, par groupe de six à huit. Les mains des petits et des grands plongent régulièrement des récipients vers la bouche, jusqu'à satiété. Le vin de palme coule à flots et nul ne semble s'ennuyer dans cette assemblée festive. Les musiciens reprennent du service à la fin du repas, égayant les participants de multiples chants d'allégresse, au rythme soutenu des tam-tams qui invitent à la danse tous ceux qui le souhaitent. Mawa et Kwamé effectuent quelques pas de danse ensemble, puis une nuée de musiciens les accompagne jusqu'à la hutte nuptiale qui les attend, puis s'en retourne auprès de la foule.

À l'intérieur de cette hutte, une natte déroulée à même le sol les attend. Une calebasse de vin de palme et une autre contenant divers fruits sont disposées dans un coin, au-dessus d'un petit tabouret. Dans l'un des coins de la hutte, il y a un tam-tam. Mawa s'agenouille timidement sur la natte et attend que son mari prenne l'initiative. La jeune fille feint d'être ignorante des choses sexuelles. Pourtant, même si elle n'a que 14 ans, elle a déjà vécu des jeux sexuels avec quelques garçons. Une fois, elle est même allée dans la forêt avec l'un d'eux et elle s'est laissée caresser tout le corps ; elle s'est permis de caresser délicatement le pénis du garçon. Le garçon avait même introduit partiellement son organe viril dans son vagin. Étant vierge, elle avait ressenti une certaine douleur, mais elle avait tout de même apprécié l'expérience. Mais cette fois-ci, avec Kwamé, elle sait que leur échange charnel aura un caractère sacré. Elle désire s'abandonner entièrement au plaisir sexuel et vivre à travers cette extase une communion des cœurs et des âmes. De son côté, Kwamé a déjà connu plusieurs aventures sexuelles, car sa tribu est plus permissive que celle de Mawa ; elle autorise et même encourage les activités sexuelles avant le mariage, et ce, autant pour les garçons que pour les filles. Et comme Kwamé plaisait aux filles par son apparence corporelle attractive et surtout par son courage et par son intelligence des plus remarquables, il lui était facile de les séduire et d'avoir des activités sexuelles avec elles. Quand il était adolescent, il est même allé dans un lieu, à l'abri des regards, avec deux filles, et toute la nuit ils ont expérimenté les jeux sexuels à trois. Pour lui le sexe n'était qu'un simple amusement, qu'un plaisir corporel sans réel attachement affectif. Mais, maintenant, il a accepté de se marier avec Mawa. Il n'a jamais eu de contacts sexuels avec elle. Il ne désire pas que leur rencontre charnelle ne soit qu'une distraction passagère. Il veut partager avec elle un moment d'éternité, un instant où les corps se déchaînent pour mieux unir tout leur être. Il voit que Mawa attend qu'il prenne les initiatives. Lui qui a toujours eu tant de facilité à séduire les filles se sent pourtant quelque peu hésitant.

Kwamé s'approche enfin de Mawa pour mieux humer l'odeur de sa peau. Son père lui avait dit qu'il pourrait reconnaître sa dulcinée par son odeur naturelle. Bien que possédant un très bon sens olfactif, Kwamé n'a jamais été envoûté par l'odeur des filles avec lesquelles il avait eu des expériences sexuelles. Appuyant son nez sur le cou de Mawa, il sent son parfum particulier dont les effluves naturels musqués provoquent chez lui un frémissement corporel inattendu. Cela semble confirmer ce que lui avait dit son père. De son côté, Mawa a une envie folle de découvrir ce qu'est une relation sexuelle avec celui auquel elle vient d'être liée, mais elle reste immobile et silencieuse, car les sages de sa tribu lui ont enseigné que le pouvoir sexuel de la femme réside dans l'attente, dans le fait de se laisser désirer au point de devenir indispensable, créant ainsi chez l'homme une dépendance.

Attisé par l'odeur de sa nouvelle épouse, Kwamé se lève, enfin, et pose le tam-tam entre ses jambes. C'est son oncle maternel, Kessou, qui lui a appris à jouer du tam-tam et à évoquer à travers les sons de fortes émotions pouvant conduire à de véritables transes. Quelques minutes lui suffisent pour exacerber la sensualité de Mawa. Elle se lève et se déhanche délicieusement. Kwamé accélère le rythme du tam-tam. Mawa enlève tous ses vêtements. Elle est entièrement nue et elle danse sur cette musique viscérale. Tout en continuant de « *tamtamer* », Kwamé la regarde, fasciné par la grâce et la beauté de son corps. Un puissant désir s'empare de lui. Son membre viril s'anime. Mais il continue d'accélérer le rythme du tam-tam. Dans un état de surexcitation manifeste, Mawa se met à quatre pattes, le cul bien relevé. Des gouttelettes de plaisir enrobent sa vulve. Le message est clair. En pleine érection, Kwamé délaisse son tam-tam et se dirige vers Mawa. Il la pénètre profondément. Quelques minutes plus tard, tous deux entrent en une transe orgastique qui les secoue, momentanément, jusqu'à les vider du désir même. Et, toute la nuit, ils partagent d'autres expériences de même nature, dès que remonte en eux la fièvre de s'appartenir, tout en variant les postures. Au petit matin, ils sortent de leur hutte, fin prêts à partager ensemble les beautés ainsi que les difficultés de la vie terrestre.

Kwamé sort de cette première nuit conjugale d'excellente humeur. Il s'était montré étonnamment brave lors des rites initiatiques l'ayant révélé comme un homme sorti de l'enfance, certes. Toutefois, sa récompense à l'issue de cette première aventure maritale lui semble dorénavant à la hauteur du mérite. Cet état de bien-être fait remonter à la surface certains souvenirs de son initiation, néanmoins. Jusqu'ici, il ne s'était pas permis de se replonger dans cet épisode singulier de son existence, car il en appréhendait une reviviscence désagréable. Se sentant bien avec lui-même, après sa nuit de noces, Kwamé se permet enfin d'activer sa mémoire concernant cet événement précis. Il se rappelle de ce qu'il a vécu avec les autres garçons, au cours de l'initiation. Étrangement, cela suscite à présent chez lui un sentiment de légèreté. Il sait dès à présent que, parfois, dans les moments de félicité, la mémoire peut aider à exorciser une expérience pénible.

Et voici ce qui lui revient à l'esprit de cette période inoubliable au cours de laquelle il a été initié. Sept nuits durant, avec les autres novices, il a séjourné dans la forêt dense, avec pour seule arme une lance, à la flèche en pierre taillée, pour se défendre des fauves et des ombres. Cette forêt était d'ailleurs si fournie et si couverte que même la lueur du jour semblait ne pas vouloir s'y aventurer. Le silence y était si lourd et si pesant qu'il en devenait presque palpable. De temps à autre, un froissement de feuilles provenant du glissement d'un reptile, se mouvant prestement au sol, les tirait de l'état d'engourdissement sporadique dans lequel les plongeait l'inactivité forcée dont ils s'accommodaient alors, tant bien que mal. Ils étaient quatorze. Quatorze splendides spécimens issus de trois tribus amies, partageant les mêmes rites. Pendant les trois premiers jours, ils se sont habitués à leur environnement, en observant le silence quasi total imposé par leurs guides. Ils ne communiquaient que rarement par des gestes brefs et précis. La rosée *perlante* sur les larges feuilles d'arbres, plusieurs fois centenaires, leur permettait d'étancher leur soif, dès le lever du jour. Autrement, ils s'exerçaient à dénicher les branches fraîches de certains arbres dont ils suçaient la sève, non toxique. Pour toute nourriture, ils s'accommodaient des larves juteuses qu'ils dénichaient, souvent, dans les anfractuosités des troncs d'arbres. Puis, à l'issue du troisième jour, quatorze hommes vinrent les chercher pour les conduire vers un lieu secret. Dès qu'ils émergèrent de la forêt dense et se trouvèrent au milieu d'une belle clairière, yeux bandés, ils se mirent à avancer deux par deux, les uns derrière les autres, encadrés de part et d'autre par les adultes.

Au bout de deux heures d'une marche soutenue et cadencée, ils débouchèrent sur un terrain accidenté et n'échappèrent aux chutes dangereuses, pouvant s'en suivre, que grâce aux multiples injonctions et recommandations de ceux qui les guidaient. Ils furent finalement introduits dans une grotte à l'intérieur de laquelle ils avancèrent à tâtons, d'un pas hésitant et lourd. Une bonne heure plus tard, les voici assis en cercle autour d'un feu, dans un espace dégagé, large de douze enjambées,

de forme plus ou moins carrée. Une voix profonde et mûre leur parla longuement des mystères de la vie, tandis que leurs yeux étaient
toujours recouverts d'une bande de raphia
tressée. Et, tous écoutèrent silencieusement ce
monologue qui leur semblait à la fois lointain
et proche. Ils ne pouvaient alors déterminer de
façon sûre, si cette voix était bien celle de
l'un de ceux qui se trouvaient dans la même
pièce qu'eux ou si elle venait d'ailleurs. Au
bout d'un moment indéterminable, ils
s'étaient tous reliés à cette voix, comme par
enchantement. Chacune des paroles proférées
par l'inconnu, que nul ne pouvait voir, semblait s'inscrire en eux de façon indélébile,
comme si elle prenait fortement racine en eux.
Deux bonnes heures plus tard, tandis qu'ils
étaient tous épuisés par cette forme
d'attention désaxée, imposée par cette situation étrange, la voix s'éloigna progressivement, laissant peu à peu place aux roulements
de tambours qui vinrent annoncer le début
d'une nouvelle étape. Trois calebasses d'un
excellent vin de palme circulèrent alors allè-
grement parmi les garçons, dès lors que leurs
visages furent à nouveau rendus à la pleine
lumière de cette grotte éclairée par des flam-

beaux, suspendus aux parois rocheuses en plusieurs endroits. Fruits et graines d'arachide fraîche leur furent également distribués afin d'apaiser cette terrible sensation de faim qui commençait à se faire insistante en eux. Tous dormirent sur place, à même le sol, une fois que les musiciens s'écroulèrent de fatigue.

Le lendemain, dès l'aube, ils repartirent vers la forêt, à nouveau les yeux bandés, jusqu'à une certaine distance. Leurs guides se permirent de temps à autre des blagues et des moqueries visant à leur rappeler qu'ils n'étaient encore que des garçons en chemin vers l'homme, qui tendra ensuite vers sa pleine réalisation :

- Hé, toi, avance un peu comme les grands et cesse donc de tituber ainsi, telle une vache pataude ! Regarde voir un peu celui-là, il se tient déjà comme un gaillard, alors même qu'il n'a rien dans le ventre ! Oh, le vantard que voilà ! Un coup de pied au derrière et il se mettra vite au pas, sans manière ! Ou encore des chants humiliants :

« Nous, on avance et on pense en homme

Eux savent à peine ce que c'est qu'un homme

Nous on aime les vraies bastons

Eux sont de leurs mères les gentils fistons

Hého, hého, oho, oho... ! »

Les garçons écoutaient, malgré tout, leurs aînés en silence, et nul n'osait émettre la moindre remarque par peur des représailles, ou craignant d'être accusé de manquement au règlement. Se soumettre absolument, avant de pouvoir prétendre à la parole parmi les hommes, les vrais ! Tel était et tel demeure alors le mot d'ordre de cette initiation qui teste les capacités de l'individu sur plusieurs niveaux.

Dès le quatrième jour, ils se remirent en route vers les lieux d'habitation. Parvenus à moins d'une lieue du premier village, ils construisirent deux grandes cases pouvant contenir, chacune, jusqu'à une vingtaine de personnes couchées, grâce aux recommandations avisées de leurs guides. À l'aube du cinquième jour, après qu'ils aient été bien

nourris et qu'ils s'être reposés, ils furent con-
duits l'un après l'autre dans l'une des cases
pour y subir une épreuve des plus redoutables.
Dans ce lieu clos les attendaient une femme
d'âge avancé ainsi que trois gaillards, des plus
costauds. Ceux-ci invitèrent le jeune Kwamé,
dont c'était le tour, à s'approcher, le couchè-
rent sur une natte étendue aux pieds de la
femme et le maintinrent au sol par une pression ferme sur les jambes comme sur le torse.
La femme s'agenouilla près du garçon, à hauteur de son bassin, s'empara avec dextérité de
son membre génital puis d'un geste rapide et
précis, en fit le tour à l'aide d'une lame de
pierre taillée préalablement trempée dans de
l'alcool de mil. Puis elle décolla précautionneusement la membrane du sexe, ainsi soumis
à ses mains expertes et la jeta dans une calebasse posée au sol, dans l'entrejambe du garçon. Elle acheva cette opération en aspergeant
copieusement d'alcool le sexe fraîchement
dépouillé de son enveloppe originelle, jeta un
regard à l'adolescent afin de s'assurer qu'il
tiendra le coup, se leva et s'en alla avec la calebasse. Ce dernier s'était mis à hurler, dès
l'instant même où la lame l'avait écorché à
vif, et il poussa un cri insoutenable, tant la

douleur lui était insupportable et tant le souffle lui manquait. C'est donc dans un état de semi-coma qu'il se trouvait quand la femme s'en alla enterrer le contenu de la calebasse dans un lieu secret, connu d'elle seule. Les hommes firent boire Kwamé, dès qu'il revint à lui et se mit à gigoter. L'alcool le plongea dans un état léthargique et lui permit de supporter un peu mieux la douleur, toujours aussi vivace. Il fut ensuite conduit dans la case voisine et allongé à côté de ses camarades, avec l'interdiction de remuer de trop et celle de toucher ses parties génitales. Ainsi laissés à l'air libre, dans un environnement sain et sans mouche ni autre insecte nuisible, leurs membres cicatrisèrent rapidement et, au soir du huitième jour, ils purent déjà se tenir debout et uriner sans trop souffrir. Pendant longtemps, Kwamé s'interrogea sur le sens du rite de la circoncision. Pourquoi couper le prépuce ? Il questionna les sages, qui lui affirmèrent tous que cela marquait le véritable passage à la vie adulte. Mais pourquoi ne pas enlever une autre partie du corps, par exemple un lobe d'oreille ? Les sages lui répondirent alors que le pénis en érection représentait la puissance virile, et qu'un pénis circoncis, en érection, constituait symboliquement une arme encore plus intimidante face aux forces ennemies.

Au soir du huitième jour, au bout de sept nuits sans répit, ils rejoignirent la place centrale du village le plus grand pour y être accueillis en héros. Le visage et le corps recouverts de motifs rituels peints en noir et blanc, représentant les animaux totémiques de chacun de leurs clans, la tête rasée et enduite de suie, le torse fraîchement scarifié, ils se présentèrent enfin devant l'assemblée des anciens. Une foule innombrable venue d'un peu partout vint les admirer, les encourageant par des chants et danses honorant leur bravoure. Une fête mémorable fut donnée en leur nom, dès le dixième jour, et elle s'étendit sur deux autres. L'on acclama ensemble les jeunes hommes, même si le bruit courait déjà que Kwamé s'était montré particulièrement valeureux… ! Et la vie suivit à nouveau son cours usuel, mais les jours, malgré leurs ressemblances apparentes, se confondaient avec l'inattendu. Chaque lendemain était à la fois une répétition et une nouveauté.

Cela fait plusieurs lunes que Mawa et Kwamé vivent ensemble. Mawa vaque aux occupations quotidiennes à sa charge : la cueillette de fruits, de noix et de racines, la cuisine limitée à quelques mets rudimentaires, parfois agrémentée de grillades de poisson ou de viande de gibier. Au sein de sa nouvelle communauté, Kwamé suit le groupe d'hommes, déjà habiles à la chasse comme à la pêche. Et, comme ils s'éloignent souvent, tout en pistant un animal ou un autre, il leur arrive de troquer une part des poissons ou de la viande qu'ils ont réussi à obtenir contre des tubercules ou autres denrées alimentaires de choix. Le butin de la journée autant que celui de plusieurs jours de traque est ensuite réparti de façon équitable entre les familles. Seul le chef reçoit une tête de bête, en plus de la part destinée aux siens.

À présent, Mawa participe souvent aux activités communes des femmes mariées, et elle n'a plus vraiment le temps de bavarder avec celles de son âge. D'ailleurs, celles-ci l'évitent, pour la plupart, sauf celles qui l'approchent par curiosité, désireuses d'en apprendre davantage sur sa vie de couple, ou

les quelques rares qui l'estiment véritablement.

Bien qu'il lui arrive parfois encore de re-
gretter sa vie d'antan, empreinte
d'insouciance et de liberté, elle s'accommode
plutôt bien à sa nouvelle existence. Il faut reconnaître que Kwamé ne cesse de la séduire
de toutes les façons possibles, car il semble
s'être véritablement épris d'elle, malgré le
nombre non négligeable de ses anciennes
conquêtes.

Mais ce que Mawa apprécie particulièrement, ce sont les rares moments qu'elle passe
auprès de Bamba, la doyenne de la tribu, dont
les multiples talents et compétences la fasci-
nent toujours autant.

Mawa tombe enceinte quelques lunes seulement après avoir été mariée à Kwamé. Mais
elle ne s'en rend réellement compte qu'au
bout de deux mois, lors d'une visite qu'elle
rend à la doyenne. Bamba ne met pas longtemps à s'en apercevoir. Les moments de
somnolence inhabituels en pleine journée, une
forte salivation l'obligeant à cracher à terre un
peu trop souvent, sans oublier la lourdeur

soudaine de sa poitrine, déjà généreuse, ont vite fait d'alerter cette femme mûre sur l'état de sa convive.

Mawa s'était rendue chez Bamba pour y séjourner quelque temps, en l'absence de son époux. Celui-ci participait alors à une partie de chasse s'étalant sur plusieurs jours. Et, comme la jeune femme préférait s'instruire auprès de son aînée plutôt que de se retrouver régulièrement au milieu des conversations stériles des femmes, tournant souvent autour du quotidien ou de ragots croustillants, elle se décida à aller seconder son aînée dans l'accomplissement de ses œuvres quotidiennes.

Ainsi, cueillent-elles ensemble, dès l'aube, plantes, fleurs, racines, et ramassent-elles des minéraux en vue de concocter des remèdes qu'apprécieront ceux de leur communauté, en cas de nécessité. Le soir venu, après avoir consacré la journée à mille et une tâches aussi subtiles qu'utiles, elles s'asseyent enfin autour des braises encore rougeoyantes du foyer brûlant ayant servi à cuir le dernier repas. En ces heures nocturnes et calmes, Bamba se met à instruire sa cadette à propos de choses et d'autres, d'une voix veloutée et profonde. C'est ainsi qu'au cours de la troisième nuit passée auprès de la doyenne, Mawa l'écoute lui racontant une étonnante histoire surgie du fond des âges :

- Ma fille, tu seras bientôt mère à ton tour. Et, comme je t'apprécie beaucoup, je voudrais que tu saches certaines choses que nombre de nos consœurs ignorent. D'ailleurs, ont-elles seulement besoin de le savoir ?... », s'enquiert-elle encore, tandis que Mawa digère en silence l'annonce de sa grossesse.
- Oui, je veux que tu saches qu'il y a long-temps de cela, si longtemps que même les astres ne se rappellent plus vraiment de l'époque à laquelle cela remonte, l'homme n'était pas au-dessus de la femme et, encore moins, son égal. Nous, femmes, étions alors vénérées et craintes, parce que nous étions alors con-sidérées comme celles qui donnent la vie. L'homme, sachant qu'il ne peut ve-nir au monde qu'en passant par le ventre de la femme qui l'a accueilli et hébergé,

en a nourri une déférence extraordinaire. D'où la malédiction que tous connaissent encore aujourd'hui et qui frappe quiconque agit contre le ventre qui l'a porté. Il n'y avait alors rien de plus vil que de porter atteinte à une femme, pire à une mère. Est-ce que tu suis ma pensée, mon enfant ?

- Oui, Bamba, je t'écoute avec le plus grand intérêt, acquiesce Mawa à voix basse.

Il faut dire que Mawa est autant étonnée que subjuguée par la teneur des propos qu'elle reçoit, ici, avec ferveur. Bamba continue le récit de cette histoire stupéfiante :

- La femme disposait d'étonnantes capacités médiumniques, en plus de sa capacité à donner la vie à sa progéniture. Elle était souvent la principale intermédiaire entre notre monde et celui des esprits, dans lequel évoluent aussi ceux qui nous ont quittés. Elle pouvait communiquer avec l'autre monde plus aisément qu'aucun homme. Et, pour ne rien gâcher, elle sut rapidement s'initier au langage des plantes, découvrant l'un après l'autre, les mystères du vivant qui contribueront à asseoir son influence. Les femmes régnaient alors de façon absolue sur les communautés de nomades disséminées à travers le monde. L'initiation n'était alors accessible qu'aux femmes. Les hommes étaient profondément reconnaissants du don de vie qu'ils avaient reçu de l'une d'elles. Nul ne songeait à se rebeller contre cet état de choses à l'époque, jusqu'au jour où apparut Samsa, celui qui naquit avec une ou deux dents et, qui parla, aussitôt surgit du ventre de sa mère.

Bamba observe un instant de silence, avant de poursuivre :

- Comme ce phénomène semblait très étrange, les gens se mirent à considérer cet enfant comme étant un être extraordinaire. On le disait doté de pouvoirs insoupçonnables et beaucoup de bruits incongrus se mirent à circuler à son sujet. Sa mère, elle-même, était chamane, l'une des femmes les plus éclairées qui furent. L'enfant grandit paisiblement auprès d'elle, observant avec une attention inhabituelle certains rites cachés, qui n'auraient pu intéresser un enfant ordinaire, au même âge. Personne ne se méfia de lui, jusqu'à ce qu'il fut éloigné du cercle des femmes, une fois ses sept printemps révolus.

Nouveau silence.

- Malheureusement, il en avait déjà suffisamment appris pour pouvoir faire basculer le cours des choses. Il continua à glaner des informations précieuses lors de chacune de ses visites auprès de sa mère, sans pour autant susciter la méfiance. Toutefois, il instruisait dans l'ombre son meilleur ami, Koku, à propos de ses découvertes, ainsi que de ses doutes concernant la supposée suprématie de la gent féminine.

Mawa est sidérée par ce qu'elle entend là, de la bouche de Bamba. Elle se demande ce que Samsa a bien pu apprendre à Koku et s'il a réussi à rallier son ami à sa cause. Bamba lui rapporte cette conversation, initiée par Samsa dans ce but précis :

«*Koku, écoute bien ceci : Les femmes sont incapables de se défendre sans*

notre soutien, mon ami. Elles comman-
dent, certes, et nous obéissons. Mais
elles n'ont pas la force suffisante pour se
mesurer physiquement aux hommes. Qui
plus est, elles perdent du sang environ
sept jours durant, quasiment tous les
vingt-huit jours, période durant laquelle
elles semblent plus fragiles. Pour cou-
ronner le tout, elles sont incapables
d'engendrer un enfant seules ! Les cha-
manes nous laissent croire que c'est la
Lune ou une autre puissance surnatu-
relle qui leur permet de procréer. Mais
j'ai assisté à leurs réunions jusqu'à
l'âge de sept ans, et toutes savaient que
sans la copulation avec un homme, elles
ne pouvaient tomber enceintes. Elles
gardent donc leur secret pour faire per-
durer leur suprématie. Koku, est-ce que
tu suis bien mon raisonnement ?

- Je comprends bien Samsa ce que tu dis là,
mais je te fais tout de même remarquer
que tu avances sur un terrain très glis-
sant ! Nul ne doit contester le pouvoir
des femmes et encore moins s'y opposer,
tu le sais ça ! Je refuse de te suivre dans
ces divagations.

- Pauvre âne, quelles divagations ? Qui te parle de choses insensées ? Écoute-moi donc un peu mieux que ça ! C'est de l'avenir et de notre capacité à inverser l'ordre des choses dont je te parle ! Toi et moi nous vaincrons la tyrannie des femmes et nous en tirerons un pouvoir jusqu'ici impensable pour nous autres, par la même occasion.

- Héééééééééé..., Samsa, tu es bien le fils de ta mère ! Seul un fils de chamane peut se permettre de tels propos, sans avoir à en trembler !

- Ho, ne suis-je pas né avec deux dents et n'ai-je pas parlé, à peine sorti du ventre de ma mère ? Non, je ne crains rien ni personne ! Sois avec moi, sans défaut, et ensemble nous triompherons !»

Bamba relate cette conversation entre Samsa et Koku avec un mélange de frustration et de tristesse. Au fond d'elle-même, elle sait que le véritable pouvoir des hommes sur les femmes est principalement lié à leur plus grande force physique. Aussi essaye-t-elle de mettre l'accent sur le pouvoir reproductif ayant permis aux femmes de prendre l'ascendant sur les hommes, à un moment de clé de l'évolution de l'espèce humaine. Ce qu'elle cherche, ultimement, c'est de faire prendre conscience à Mawa du caractère originel du pouvoir utérin de la femme. Bamba en vient au point final de cette légende concernant Samsa :

- Les deux garçons venaient de compter leur quinzième hiver. Samsa ne s'arrêta pas là, pour autant. Il parvint à convaincre un groupe de jeunes guerriers, au fil du temps. Lourdement armés, ils prirent les femmes en otage et obligèrent les chamanes à leur révéler leurs secrets. Samsa les relégua ensuite au rang de prêtresses dévouées à son règne. Une des rares choses qui nous reste de cette époque matriarcale, c'est le fait que les hommes quittent encore leur propre tribu pour rejoindre la nôtre, lorsqu'ils nous épousent en première noce. Après, bien entendu, ils continuent à se satisfaire des filles et des femmes de leur tribu d'accueil, comme tu le sais déjà.
- Voilà, Mawa, ma fille ! N'oublie jamais cette histoire et transmets-la, à ton tour, à

celle qui s'en montrera digne. Ton esprit est vif, ta pensée mûre et ton envie d'apprendre exceptionnelle. C'est pour cette raison que je t'aime comme ma propre fille, même si je n'ai jamais pu donner la vie par mon ventre. Je sais que tu ne dévoileras ce que tu viens d'apprendre de moi à personne, sinon conformément à la recommandation que je viens de te faire à ce sujet. Te voilà bien fatiguée ! À présent, il est temps de nous coucher. Demain est un autre jour.

Mawa séjourna chez Bamba aussi long-temps qu'elle le pût, c'est-à-dire durant les sept jours d'absence de son mari. Puis elle fi-nit par rentrer chez elle et se remit à pour-suivre une vie quotidienne qui semblait l'avoir attendu, patiemment, sans la moindre modification notable. Mais la jeune femme, elle, avait évolué. Elle avait mûri en esprit et ne se comportait plus comme la jeune fille naïve qui, jadis, se plaisait dans son environ-nement familier, sans se poser de questions transcendantales.

Dorénavant, Mawa sait que l'ordre du monde n'a pas toujours été à l'image de ce qu'elle connaît. Elle se promet donc de ne rien oublier du précieux enseignement qu'elle vient de recevoir de la bouche même de Bamba, la doyenne de sa communauté. Toutefois, elle continue à vivre comme si de rien n'était. Son joli ventre se modèle au gré de la croissance de l'être à venir, qui prend progressivement corps en elle. Elle embellit visiblement, de jour en jour, et ses semblables qui attendent de convoler en justes noces, à leur tour, ne peuvent que l'envier, face à cet état de grâce évident.

Au cours de son dernier jour de chasse, Kwamé fait la rencontre d'un homme d'une tribu voisine. Il s'appelle Ambo. Ses yeux sont de couleur verte, et tout son être dégage une grande sensibilité. Kwamé ne tarde pas à comprendre que cet homme est un sorcier doté de pouvoirs exceptionnels. Ambo invite Kwamé à le suivre, il désire lui faire voir quelque chose qu'il a peint sur les parois intérieures d'une immense caverne. Fortement intrigué, Kwamé n'hésite pas à faire confiance à Ambo. Ils arrivent sur les lieux.

Kwamé aperçoit de nombreuses peintures rupestres. Il y voit des êtres à l'aspect humanoïde, dotés d'organes sexuels disproportionnés, avec des masques en têtes d'animaux. Par endroits, il découvre des couples enlacés en présence d'autres individus masqués. La plupart de ces peintures ont un caractère sexuel. Kwamé veut en savoir davantage sur le sens de ces peintures :

- Est-ce toi, Ambo, qui a créé toutes ces peintures ?
- J'en ai fait quelques-unes, mais la plupart d'entre elles sont le produit des anciens sorciers, artistes de mon village ou de ceux voisins. Seuls les créateurs de ces œuvres ou ceux auxquels ils en ont révélé l'existence connaissent cet endroit. Une fois par an, ceux qui sont encore vivants se réunissent ici.
- Mais je ne suis ni un sorcier ni un artiste, pourquoi m'as-tu amené ici...? s'étonne Kwamé.
- Je t'ai introduit dans ce lieu secret, car je sais que tu viens d'ailleurs, je sais que tu t'intéresses aux origines de l'homme et

de la femme. Une voix divine m'a transmis cette information.

Kwamé ne comprend pas, il est tout à fait déconcerté. Pourquoi cet homme lui dit-il qu'il vient d'ailleurs ? Pourtant lui-même connaît bien sa mère actuelle et sait que c'est elle qui lui a donné naissance. Il est convaincu de ses origines. En même temps, il souhaite en savoir plus sur ces peintures, sur ce lieu secret. Il continue donc la conversation avec Ambo :

- Tous les hommes sur ces peintures ont un pénis gigantesque et ils sont circoncis. Pourquoi ?
- Je vais te répondre, lui assure Ambo.
- Depuis la nuit des temps, le pénis en érection a des fonctions magiques ; il permet d'éloigner les dangers de toutes sortes pouvant menacer les membres de la tribu, entre autres. Il protège tout autant notre territoire de nos ennemis potentiels.
- A-t-il la même fonction que le totem, cet animal ou cette espèce végétale que l'on

considère comme l'ancêtre et le protecteur du clan ?

- Kwamé, je vais te dévoiler un autre secret. Le pénis démesuré, en érection, ne représente qu'une puissance apparente. Mais la vraie force sécurisante pour le clan est le totem. Et le totem, même s'il a souvent une apparence phallique, est une représentation de la Mère protectrice.

Tout cela apparaît bien étrange Kwamé. Avant de quitter Ambo, il veut encore savoir si celui-ci est capable d'anticiper le futur. Seul un vrai sorcier peut prédire l'avenir, du moins le futur à court terme. Aussi, lui pose-t-il la question :

- Ambo, pourrais-tu me dévoiler un événement qui arrivera et qui concerne ma tribu ?
- En écoutant la voix des esprits, je perçois une menace imminente pour ta tribu. Il y a quelque part un chef d'une tribu rivale qui a le désir de vous conquérir. Je ne peux t'en dire plus.

À son retour au village, Kwamé constate un état d'agitation inhabituel. Une terrible rumeur à propos d'une éventuelle guerre court de case en case, d'une concession à l'autre. Zango, l'intrépide roi des terres du haut s'est mis en campagne pour conquérir de nouvelles régions, en vue d'étendre son pouvoir sur les petites tribus voisines. Mais ce conquérant est reconnu pour sa férocité, et tous craignent qu'il ne vienne les réduire en esclavage, ou pire les exterminer jusqu'au dernier.

Au cours du conseil des sages qui a lieu, le jour même, seuls les aînés ont le droit à la parole. Les jeunes gens assistent à la séance, toutefois, afin d'apprendre de leurs congénères les plus âgés. Kwamé les entend donc palabrer à propos de cette situation préoccupante, sans émettre le moindre avis, tout comme la plupart de ses camarades.

- Nous devons en appeler à une coalition avec nos amis, si nous voulons sortir vivants de cette aventure ! s'exclame l'un des anciens.

- C'est sans compter avec la lâcheté de ceux qui nous abandonneront, dès qu'ils sentiront le vent tourner, rectifie l'autre.

- De toute manière, ce sera l'union ou une vraie débâcle pré-annoncée ! Avons-nous les moyens de miser sur des alliés douteux ? Ne devrions-nous pas plutôt prêter allégeance à ce fou furieux, qui cherche à nous dominer tous, le temps de mieux nous organiser pour mieux le con-ter ? Telles sont les questions que je me pose, en vérité, mes amis.

- Nous ne pouvons nous conduire en lâches, ni laisser détruire notre village et voir femmes et enfants se faire torturer et tuer de façon cruelle, sans rien pouvoir y faire. Tu as raison, Ayani. Je pense que nous devrions chercher à gagner du temps sur l'ennemi, en acceptant sa do-mination dans un premier temps. Nous aviserons par la suite.

- L'émissaire de Zango sera à nos portes d'ici un à deux jours. Si vous êtes tous d'accord, j'accepterai la proposition de nous rallier à l'empire Zango, en es-sayant de préserver nos acquis au mieux. Nous ne sommes pas en état d'affronter ce monstre de guerre et son armée de rapaces, qui ne jurent que par la crue violence. Nous suivrons la voie de la sagesse, en attendant d'y voir plus clair, annonce enfin le chef de tribu.

- Ta voix est juste et claire, sage Zuma ! nous te suivons tous dans cette décision qui n'est pas simple, mais qui procède de la voie du milieu. Que les esprits des anciens t'accompagnent et guident ta bouche pour qu'elle ne faiblisse pas lors des négociations à venir.

- Je propose d'informer nos alliés les plus sûrs de cette stratégie, afin qu'ils puissent se protéger aussi. Ensemble, nous serons plus forts pour combattre l'empire Zango au moment opportun.

Il fut fait comme il en a été décidé et le village retrouva une paix toute relative au bout des quelques jours de palabres entre le chef et le représentant du grand conquérant Zango. Ailleurs, là où les tribus n'ont pas eu cette même sagesse visant à préserver la paix plutôt que de s'exposer en vain à des lourdes pertes, des femmes enceintes furent éventrées vives avant d'être égorgées, des crânes d'enfants furent fracassés à l'aide de gourdins en présence de leurs parents, des viols collectifs furent perpétrés sur les filles vierges et les femmes mariées… ! Ruines et désolation témoignèrent pendant longtemps encore du passage du redoutable Zango et de ses émissaires de la mort ! Finalement, Zango se fit prendre à son propre piège. Ses massacres incessants contre les tribus révoltées l'amenèrent à sa perte : un jeune guerrier d'une tribu voisine le tua au cours d'une mêlée. Son empire ne résista pas aux luttes intestines entre les prétendants au trône.

La lune paresse dans un ciel superbement étoilé, qui semble lui vouer une adoration sans faille. Mawa et Kwamé viennent tout juste de s'étendre sur une natte, à la belle étoile, afin de recueillir un peu de fraîcheur par une soirée presque caniculaire. Soudain, la jeune femme se met à geindre, tant elle a mal. Une douleur d'une fulgurance inexprimable la ploie en deux, au point où elle ne parvient même plus à respirer de façon naturelle. Kwamé se lève dès qu'il comprend ce qui se passe. Il s'agenouille aussitôt auprès de son épouse, cherchant à mieux se rendre compte de la situation. Face à la mine complètement déconfite de Mawa, qui ne fait plus que gesticuler, incapable de proférer le moindre son compréhensible, il se précipite vers le village en criant au secours. Quelques minutes à peine suffisent pour que les leurs se rassemblent autour de leur case. Les femmes expérimentées comprennent immédiatement que la jeune femme se trouve en situation de détresse, avant même la date prévue pour l'accouchement. L'une d'elles somme les jeunes gens accourus d'aller chercher Bamba de toute urgence. Puis elle exige des badauds qu'ils rentrent chez eux, à l'exception de celles qui peuvent la seconder. L'une fait du feu, l'autre va chercher de l'eau en grande quantité, qu'elles font bouillir. Une autre rapporte des feuilles de bananier ainsi que de larges bandes de raphia.

Kwamé n'a pas quitté sa tendre moitié une seule seconde, pendant que ces femmes s'activent, vont et viennent autour d'eux. Soudain, il sent ses mains s'accrocher à son bras avec une force à laquelle il aurait du mal à se soustraire, s'il le voulait. Puis il la voit revenir à elle, soudain, pleinement consciente, l'espace d'un bref instant. Mawa se tend vers lui de tout son corps, dans un ultime effort, et elle a tout juste le temps de lui dire :

- Adam, Adam, mon amour.
- Ma douce Ève, se surprend alors à répondre Kwamé, sans trop savoir pourquoi, ni comment. En cet instant précis, ils se sont parfaitement compris, l'un et l'autre, tout en étant autres!

Mawa accouche d'un premier bébé, une fille, aidée des sages-femmes de la tribu. Puis, d'un second, un garçon, quelques minutes plus tard. C'est la première fois, dans cette tribu, qu'une femme donne naissance à des jumeaux. Quand elle voit ses deux bébés, le visage de Mawa s'illumine aussitôt. La souffrance se transforme instantanément en un état de bien-être absolu. Kwamé est content, tout en sachant qu'il ne pourra jamais vivre à travers l'accouchement ces moments de douleur extrêmes, suivis de la satisfaction et de la joie manifestes inhérentes à la délivrance.

Une grande fête est organisée au village, quelques jours plus tard, afin de célébrer la naissance des jumeaux. Lors de cette célébration, les prénoms des nouveau-nés sont proclamés, après consultation de l'oracle. Dans un murmure audible, Bamba rend compte de la conclusion de sa consultation au chef de tribu, puis aux parents. Elle tend ensuite chacun des jumeaux à Zuma, qui se tourne enfin vers la foule des convives en criant :

- Mes amis, voici Adamé et Ewa. Nous les accueillons aujourd'hui au sein de notre communauté, en leur souhaitant une heureuse et longue vie, au nom de tous !

Puis, sous la salve des acclamations qui fusent aussitôt de toutes parts, Zuma porte les jumeaux à bout de bras, l'un après l'autre, et les montre à la foule, tout en tournant doucement sur lui-même. Tandis que les deux bébés sont bénis par le chef de tribu et par Bamba, la chamane, on voit apparaître dans le ciel un bel oiseau au plumage arc-en-ciel. Mawa et Kwamé reconnaissent instinctivement ce messager du ciel. Ils comprennent dès lors qu'ils n'étaient que de passage dans ces autres corps, et que l'oiseau revient pour leur permettre de poursuivre leur fabuleuse odyssée. Ils savent aussi que ceux de la tribu prendront bien soin de, leurs bébés, Ewa et Adamé. L'oiseau au plumage arc-en-ciel vient s'installer tout près d'eux et, sans que la foule ne s'en rende compte, ils quittent le corps de leurs hôtes respectifs et s'en vont poursuivre ailleurs leur quête de vérité. C'est le départ pour un autre temps de l'humanité, dans le futur.

Les enfants sont ensuite confiés à Bamba, qui achève de les purifier avec une eau de source des plus pures, avant qu'elle ne les restitue à leurs parents. La fête commence alors et l'on mange de la viande de gibier grillée, des fruits divers et variés, des tubercules cuites dans de la cendre chaude, puis l'on s'enivre de vin de palme et d'alcool de mil. Le soir venu, les tam-tams prennent le relais, invitant petits et grands à se jeter dans la danse pour une mémorable démonstration de talents. La place du village, où tous festoient,

ne se vide complètement qu'à l'aube nais-
sante.

4.

Un moment de l'humanité en l'an 2065

L'oiseau céleste dépose Ève et Adam sur une plage de la méditerranée, située au sud de la France. Ils retrouvent, chacun, leur enveloppe corporelle initiale. Ils sont vêtus comme les autres personnes de cette époque, visiblement. Nous sommes en 2065. Sur la plage et dans les rues avoisinantes, il y a foule, et on sent une grande effervescence. Curieuse, Ève accoste un passant :

- Excusez-moi monsieur, mais pourquoi toute cette agitation ?
- Vous ignorez madame qu'aujourd'hui est un très grand jour pour l'humanité, et surtout pour la France.
- J'étais à l'extérieur du pays depuis quelque temps et je n'ai pas eu accès aux récentes, lui explique Ève.
- Mais, madame, aujourd'hui, on fête Louba.
- Qui est cette Louba ?
- Vous n'avez donc pas entendu parler de Louba ! lui répondit l'homme d'un air étonné.
- Louba, c'est cette femme d'origine africaine, vivant maintenant en France, qui vient de recevoir le prix Nobel de physique. Elle est, dit-on, la nouvelle Einstein. Elle a trouvé une façon de déplacer les choses et les humains à la vitesse de la lumière. C'est ce qu'elle a appelé le principe de la *luminoportation*. Cela a permis de fabriquer, en autres, des sortes de soucoupes volantes. On peut mainte-

nant aller de Paris à New York en moins de cinq secondes. Le problème c'est que, pour le moment, ces soucoupes volantes sont surtout employées à des fins scientifiques et militaires. Sur le plan commercial, seuls les gens très riches peuvent y avoir accès.

Adam écoute attentivement cette conversation. Il sait que la téléportation est possible, car il l'a vécue avec l'oiseau au plumage arc-en-ciel. Mais il était loin de se douter que l'humain pourrait en si peu de temps, au XXIe siècle, découvrir le principe de la *luminoportation*. Et, pour couronner le tout, c'est une femme qui a fait cette trouvaille. Elle est dès lors la troisième femme à recevoir un tel prix, après Marie Curie en 1903 et Maria Goeppert-Mayer en 1963.

Tout près de là, se trouve un petit café, avec une splendide terrasse ensoleillée, remplie d'arbustes en fleurs et, surtout, de rosiers. Le café s'appelle Chez Rose, et on peut imaginer qu'il s'agit là du prénom de la propriétaire actuelle ou initiale. Ève et Adam s'y installent. Ève commande un jus de fruits, tandis qu'Adam opte pour un Limoncello, cette liqueur à base de citron qui lui rappelle tant de bons souvenirs provenant de ses nombreux voyages en Italie. Tout en sirotant leur boisson, ils observent silencieusement ce qui se passe autour d'eux. Leurs regards se posent sur un homme assis à une table voisine. Un homme d'un âge assez avancé et dont la moustache ressemble à celle de Salvador Dali, le grand peintre et écrivain catalan. Ève et Adam se regardent : ils ont tout deux l'intuition que cet homme est porteur d'une sagesse, et qu'il pourrait leur apprendre des choses sur l'humanité d'aujourd'hui comme sur celle d'hier. Le regard de l'homme se pose sur Ève et, d'un geste de la main, elle l'invite à venir s'asseoir à leur table. Attiré, entre autres, par le charme d'Ève, l'homme n'hésite pas à accepter l'invitation. Il entame la conversation, à peine assis :

- Je m'appelle Oswaldo, et vous ?
- Moi, c'est Ève ; moi c'est Adam
- Quelles sont vos origines ?... lui demande Ève, sans ambages.
- Je suis natif du Guatemala, et j'y ai vécu jusqu'à l'âge de 20 ans. J'ai dû me réfu-

gier en France en 2005 pour des raisons politiques. J'ai fait mes études en médecine dans ce pays, et je me suis spécialisé en psychiatrie. Par la suite, j'ai été professeur de psychiatrie dans une grande université française. Mais je suis aussi un passionné de la culture maya et de l'histoire en général. Je m'intéresse beaucoup à l'évolution des rapports entre les hommes et les femmes, par ailleurs.

- Et vous, d'où venez-vous ?

D'un air complice, Ève et Adam se regardent. Ils veulent savoir ce qui s'est passé sur terre depuis 2015, depuis 50 ans. Comment dire à Oswaldo qu'ils sont ici, maintenant, tout en n'étant pas vraiment de son époque ? Doivent-ils lui dire la stricte vérité ou lui raconter une histoire plus facile à digérer pour le commun des mortels ? D'un geste de la main, Adam laisse à Ève le soin de répondre à cette question.

- Oswaldo, te dire que nous venons de nulle part serait faire offense à ton intelligence. Adam et moi, nous nous connaissons depuis peu de temps. Nous nous sommes rencontrés en 2015 au parc Monceau à Paris. Je suis Française, mais d'origine africaine. Adam est d'origine québécoise. Nous avons fait ensemble un voyage astral et nous sommes ici, maintenant.

- Je vois, je vois, se vexe Oswaldo… Vous avez pris des hallucinogènes…

- Non, nous n'avons consommé aucune drogue… Nous étions tous les deux à la recherche des origines de l'homme et de la femme. Et tous deux, nous croyons à l'existence d'une force suprême, d'un Dieu créateur. Et nous avons attentivement écouté la voix de nos âmes. Est alors apparu un oiseau au plumage arc-en-ciel. Nous avons compris que c'était un messager céleste. Nous nous sommes envolés avec lui, et nous avons rencontré le Créateur.

- Je vois, je vois… reprend Oswaldo… Dans ma pratique de psychiatrie, j'ai rencontré plusieurs personnes qui prétendaient avoir vu le Créateur ou l'un de ses prophètes…

- Je sais Oswaldo, en tant que psychiatre, tu penses que nous sommes délirants, pour ne pas dire fous... Mais laisse-moi te raconter la suite... Nous n'avons pas seulement rencontré le Créateur, nous avons aussi parlé avec son fils Jésus, autant qu'avec sa fille Marie. Ils nous ont donné la possibilité d'exaucer deux de nos vœux. L'un de ces vœux était de nous retrouver dans le futur, cinquante années plus tard. Nous voici donc en 2065.

Oswaldo reste silencieux. Il connaît bien la psychologie humaine et surtout les forces inconscientes qui agissent, souvent, de façon sournoise. Mais il est aussi croyant, il croit en l'existence de Dieu. Ève et Adam lui apparaissent sympathiques, et son intuition lui dit qu'il peut leur faire confiance. Il reprend la parole :

- En 2015, j'avais 30 ans. J'en ai 80 maintenant. C'est vrai qu'il s'est passé beaucoup de choses sur Terre en cinquante ans. Il y a eu plusieurs catastrophes naturelles. Des ouragans, des tsunamis, des glissements de terrain, un réchauffement préoccupant de la planète. Par exemple, la région de San Francisco, aux États-

Unis, a été presque complètement dévastée. Il y a eu aussi des guerres territoriales épouvantables. Cela n'est pas nouveau, les humains s'entretuent depuis la préhistoire. Mais le sommet a été atteint en 2025 lorsqu'un pays, soi-disant pour se protéger ou pour se venger d'une calamité historique, a largué une bombe atomique sur une très grande ville d'un pays voisin. Il y a eu près de six millions de morts. Un bien triste épisode pour l'humanité. J'étais en visite au Guatemala quand cela est arrivé. Je redoutais la venue d'une nouvelle guerre mondiale et l'anéantissement de la planète terre. Heureusement, les dirigeants des principales puissances mondiales sont intervenus à temps pour freiner ces massacres humains. Une nouvelle ONU a été créée. Ils ont appelé cela la NONU (Nouvelle Organisation des Nations Unies). Un accord unanime a été signé pour détruire toutes les armes nucléaires ainsi que leurs dérivés. Cela fut fait assez rapidement. Plusieurs pays, dont les États-Unis d'Amérique, en ont profité pour légiférer sévèrement sur le contrôle des armes à feu. Paradoxalement, c'est la guerre qui a ouvert la porte à la paix. C'est la paranoïa qui a permis à la sagesse de triompher. Depuis ce temps, il y a eu bien sûr d'autres conflits politiques, d'autres chefs d'État qui ont voulu élargir leur pouvoir, mais les hautes instances de la communauté internationale ont veillé au grain. Pour l'instant, une paix relative domine sur Terre.

Ève et Adam écoutent attentivement les propos d'Oswaldo. Ils devinent quel pays a pu larguer une bombe atomique, mais ils n'en demandent aucune précision à Oswaldo. Ils savent que les victimes, surtout celles animées par un devoir de mémoire, se transforment souvent en bourreaux. Cela fait partie des mécanismes de défense de l'humain. Ce qu'Ève et Adam veulent surtout savoir, c'est ce qu'il est advenu des rapports entre les hommes et les femmes. En 2015, le principe de l'égalité homme-femme était reconnu dans la plupart des sociétés occidentales. Les féministes s'en réjouissaient, même si elles tentaient d'aller encore plus loin dans leurs revendications au sujet de la parité homme-femme. Certaines essayaient même d'installer dans les écoles primaires des programmes visant à valoriser l'indistinction entre les sexes. Toutefois, elles ne prenaient pas conscience que le pouvoir maternel était en train de s'étioler.

Adam avait pu constater qu'en 2015, les enfants qui passaient la journée entière dans une garderie et qui voyaient leur mère furtivement avaient plus de difficulté à la percevoir comme une source de sécurité. Cette situation était complexe. L'enfant a besoin d'un père d'une mère aimants. Un père absent ou une mère manquante n'est pas favorable à un bon développement psychoaffectif, tous les pédopsychiatres ou autres spécialistes de l'enfance le savent. L'émancipation économique des femmes a été pour elles une grande victoire. Mais toute émancipation a une contrepartie. En accédant aux rôles traditionnellement réservés aux hommes, les femmes ont mis en péril leur pouvoir de mère, un pouvoir qu'elles exerçaient autant sur leurs enfants que sur leur conjoint. Adam se demande comment tout cela a évolué cinquante ans plus tard. Il pose la question à cet homme qui a pu suivre cette évolution :

- Oswaldo, comment les rapports entre les hommes et les femmes ont-ils évolué depuis 2015 ?
- Je dois vous avouer qu'il y a eu des transformations majeures depuis lors, explique Oswaldo.
- En 2015, les femmes, du moins celles vivant dans les sociétés occidentales, avaient commencé à occuper des postes importants, à jouer un rôle crucial dans la plupart des domaines de l'organisation sociale. Vingt ans plus tard, soit vers 2035, une grande partie du pouvoir économique leur appartenait, et la plupart des hommes étaient réduits à des emplois subalternes. À partir de ce moment, on assista à une montée du masculinisme. Influencés par les propos de certains leaders, percevant les femmes comme des usurpatrices, bon nombre d'hommes adhérèrent à ce point de vue. Ici même, en France, un philosophe réputé, du nom de Napoléon Falyque, écrivit un traité sur le *masculinisme* ; son

livre fut converti en pictogrammes et fut amplement diffusé sur internet. Par exemple, on y voyait des hommes avec des épées à la main ou d'autres armes plus terrifiantes prêts à anéantir leurs ennemies, en l'occurrence les femmes qui les avaient dépossédées de leur pouvoir. On y voyait aussi des athlètes olympiques proclamant leur suprématie sur les femmes. Il n'y eut pas de sang versé, mais le climat social devint très malsain. Les liens entre les hommes s'étaient resserrés. Peu d'hommes, surtout parmi ceux provenant de parents divorcés, étaient alors réceptifs à l'idée de nouer une relation amoureuse avec une femme.

Ève n'en revient pas. Elle frissonne en dépit de la chaleur ambiante. Elle, qui a toujours été favorable à l'égalité entre hommes et femmes, n'aurait pu s'imaginer une telle reprise de la guerre des sexes. Mais elle veut connaître la suite de l'histoire. Aussi, questionne-t-elle Oswaldo à ce propos et ce dernier s'empresse de lui répondre :

- Je dois vous dire que personnellement, je n'ai jamais souscrit à la propagande *masculiniste*. À l'époque, j'occupais un poste universitaire en psychiatrie, ce qui était assez bien vu socialement. De plus, j'ai toujours été très à l'aise avec ma masculinité, et je voyais d'un œil favorable l'évolution professionnelle des femmes. Mais ce sont les femmes qui ont freiné leur quête du pouvoir phallique, et cela n'a pas grand-chose à voir avec la montée du *masculinisme*. Elles se sont rendu compte que leur travail ne leur permettait pas d'être aussi présentes auprès de leurs enfants qu'elles le voudraient, et que le lien d'attachement naturel devenait nettement plus volatile. Autrement dit, les femmes ayant des enfants perdaient leur pouvoir maternel. Dans bien des cas, c'était le père qui s'accaparait de ce pouvoir. À la limite, la mère devenait aux yeux de son enfant une sorte d'intruse, et nombreux étaient les enfants qui développaient une hostilité à son égard. En tant que psychiatre, je me suis souvent demandé si une mère manquante est plus néfaste pour le développement de l'enfant qu'une mère trop présente. Je n'ai pas encore de réponse claire à ce sujet, mais je sais pertinemment que tout enfant a besoin d'une mère suffisamment présente et aimante. Dans une formule simplifiée, je dirais : à mère manquante, un enfant manqué.

Adam ne frissonne pas en écoutant les propos d'Oswaldo. Il a plutôt l'impression qu'Oswaldo prend des raccourcis, qu'il explique un phénomène sociologique en le réduisant à des facteurs d'ordre psychologique. Adam préfère savoir comment les choses ont évolué, en faisant abstraction du pourquoi. Il veut connaître la suite des événements, la réalité objective. Il demande à Oswaldo de lui décrire ce qui s'est passé exactement depuis 2035, depuis cette accession des femmes au pouvoir phallique.

- Je te comprends Adam, il n'est pas toujours facile de départager entre les faits et la subjectivité. Je vais te donner ma lecture de ce qui se passe en France actuellement, soit en 2065, concernant les rapports entre les sexes. D'emblée, je dois dire que le climat social est beaucoup plus serein. Les hommes ont regagné une partie non négligeable du pouvoir phallique et les femmes ont récupéré leur pouvoir maternel. L'harmonie entre les hommes et les femmes est nettement meilleure. L'État français, suivant l'exemple du Canada, a adopté une loi permettant un congé payé de trois ans à toutes les femmes qui donnent naissance à un enfant. Ce salaire doit correspondre à celui que la femme gagnait dans l'année précédant la naissance de l'enfant. Le gouvernement paie ce salaire, si la femme occupe un poste dans la fonction publique. Si la femme travaille dans le secteur privé, c'est l'employeur qui doit le lui garantir. Les femmes continuent d'occuper des postes importants dans la société, mais elles sont mieux protégées en cas de grossesse. Certaines préfèrent renoncer à l'enfantement. C'est leur choix. Par exemple, la première ministre de l'un des pays les plus florissants d'Europe a renoncé à l'enfantement, car elle préfère davantage contribuer à l'essor écono-

mique de sa patrie. Un choix que la plupart des femmes et des hommes respec-
tent. Somme toute, un meilleur équilibre
a été atteint dans les rapports hommes-
femmes. Un équilibre qui demeure toutefois assez fragile.

Ève se réjouit de cette évolution. Quand elle
a eu son premier enfant, elle a dû sacrifier son
avancement professionnel et son revenu, pendant plusieurs années, afin de se consacrer à
l'éducation du petit. Seul son conjoint contri-
bua au soutien financier de la famille durant
ce temps. Être dépendant d'un conjoint ou
d'une conjointe, sur le plan économique, est
souvent une source de conflits et d'amertume
au sein des foyers. Oswaldo soutient qu'en
France, les rapports entre les sexes se sont
nettement améliorés depuis cinquante ans,
mais Ève aimerait savoir ce qui se passe dans
d'autres pays, en particulier aux États-Unis, à
New York où elle a vécu pendant quelques
années. Adam aimerait bien lui aussi revoir
New York, une ville située pas très loin de
son merveilleux coin de terre qu'est le Québec.

Oswaldo lève le bras en direction du serveur et réclame l'addition. Il doit partir, car il a un rendez-vous important, selon ses dires. Toujours aussi curieuse, Ève l'interroge à nouveau :

- Oswaldo, tu dois nous quitter, car tu as un rendez-vous important. Puis-je savoir la nature de ce rendez-vous ?
- Tu es fouineuse Ève, lui répond aussitôt Oswaldo. Je vais toutefois te répondre... Mon épouse est décédée il y a quelques années et, depuis, je me suis attaché à une femme d'origine arabe, une musulmane dont le mari est mort récemment. Encore aujourd'hui, elle porte un voile. Lorsque je l'ai rencontrée, je ne voyais que ses yeux. Nous avons développé tout d'abord une belle complicité affective. Et quand est venu le temps d'avoir des intimités corporelles, j'ai découvert une femme qui n'avait rien à envier à Aphrodite. J'ai connu plusieurs femmes dans ma vie, mais je dois avouer que cette femme les surpasse toutes en matière d'érotisme.

- Je te comprends, murmure Ève...
L'érotisme est une source de vie et de
créativité...

Oswaldo paie la note, donne la bise à Ève et
Adam, et disparaît rapidement, tout en imagi-
nant ses prochaines extases érotiques avec sa
bien-aimée. Tout près du café, il y a un bel
hôtel. Ève et Adam décident d'y passer la nuit
avant d'aller à New York.

Toutefois, Ève se rend compte qu'elle a besoin
de vêtements de rechange, tout comme Adam.
Ils se rendent donc dans un centre commercial
situé au cœur de la ville et choisissent quelques
habits pouvant leur permettre de tenir durant
leur court séjour. Fort heureusement pour eux,
leurs portefeuilles respectifs contiennent assez
d'euros pour leur permettre de satisfaire aux besoins du quotidien. L'Euro subsiste toujours
dans certains pays européens. Néanmoins,
comme ils l'apprennent aussi, l'Allemagne,
l'Autriche et la Tchécoslovaquie sont revenues à
une forme nouvelle de Mark : la *Wonder Mark*.

À la tombée de la nuit, Ève et Adam se hasardent dans un restaurant dont la décoration originale et sobre les attire. Un serveur les accueille avec un sourire engageant, et les entraîne vers une table située à un angle appréciable de la grande salle, où sont déjà installés des clients plus ou moins affamés. L'ambiance est chaleureuse et tout dans ce restaurant invite au bien-être. Aussi, nos tourtereaux n'hésitent-ils pas à se déconnecter rapidement du reste afin de savourer pleinement l'instant présent. Adam choisit le vin lorsqu'on leur présente la carte, à la demande complice d'Ève. Une fois le serveur parti, il s'enquiert :

- Tu me fais donc confiance au point de me laisser choisir le vin, sans hésitation ?
- Mais bien plus que tu ne le crois, très cher ! Bien plus…
- Hum hum…, murmure alors Adam, d'un air énigmatique.

Ève l'observe curieusement et s'amuse de la situation. Soudain, elle ressent un désir urgent de le prendre dans ses bras et de le surprendre, encore, d'une manière plus sensuelle.

C'est donc tout en le dévorant des yeux qu'elle savoure les mets succulents qui défilent sur leur table. Adam se laisse posséder par ce regard de louve affamée qui le flatte et l'inonde d'une joie indicible. Il demande rapidement l'addition, en déclinant le café, gentiment proposé par le serveur à la fin du repas, et file vers l'hôtel avec Ève, amoureusement accrochée à son bras. Le chemin de la rue fortement éclairée jusqu'à leur chambre leur semble bien long, malgré la faible distance parcourue. L'ascenseur vient de leur offrir un moment d'intimité propice aux baisers et autres caresses délibérément données en ce lieu public qui leur est seulement réservé, l'espace d'un bref instant, par un heureux hasard. Lorsque la porte de la cage s'ouvre finalement sur l'étage où ils logent, ils manquent de rater la sortie, trop absorbés par l'exploration délicieuse de leurs deux corps. Haletants et pressés de s'appartenir à nouveau, ils se ruent dans le couloir à l'éclairage automatique et, une fois la porte de la chambre refermée, c'est contre le mur de l'entrée qu'Adam se plaque, après avoir fait glisser son pantalon. Genoux légèrement pliés, dos contre le mur, il installe sa compagne au-dessus de lui, jupe retroussée et slip écarté, tout poursuivant habilement son œuvre, à peine interrompue. Sa main appuyée contre le sexe humide et chaud de la jeune femme semble jouer un concerto dont lui seul connaît la mesure. Ève, enchantée par ses caresses délicieusement affolantes, se laisse aller contre lui, un peu plus. Elle lui offre son buste, qu'elle dénude partiellement d'une main fébrile, l'excitant toujours plus par la vue d'un sein superbement dressé vers sa bouche gourmande. Adam s'empare d'elle avec une vivacité empreinte de douceur, son membre surchauffé s'ingéniant à combler l'antre palpitant de désir, dans une fièvre à peine contrôlable. La formidable nuit de cette danse improvisée ne fait que commencer sur ce prélude absolument fantastique ! Une nuit torride, au cours de laquelle Ève et Adam réalisent certains de leurs fantasmes inavoués.

Le lendemain matin, au réveil, Ève et Adam sont bien reposés. Le temps de prendre une douche et de déguster quelques croissants, ils se dirigent vers l'aéroport de Nice. Un avion les amène à New York en seulement deux heures. Évidemment, le couple aurait préféré

expérimenter les nouvelles soucoupes volantes qui voyagent à la vitesse de la lumière.
Mais pour ce faire, une réservation effectuée
six mois à l'avance tout comme le paiement
d'une somme astronomique auraient été nécessaires. Ils se consolent toutefois à l'idée de
faire un voyage aérien beaucoup s'effectuant
à une vitesse bien plus rapide qu'en 2015,
pour le même trajet.

L'avion n'est pas très spacieux, mais confortable. Chose un peu étrange pour Ève et
Adam, il n'y a aucune fenêtre sur cet avion.
Assis côte à côte, ils ont l'impression d'être
dans un espace clos. À côté d'eux, se trouve
une femme probablement d'origine asiatique,
si l'on en croit ses yeux bridés. Une femme
d'environ 40 ans, qui les avait d'ailleurs sa-
lués lors de l'embarquement, comme si elle
savait d'avance qu'elle causerait avec eux en
cours de vol. Peu de temps après le décollage,
Ève ne peut résister à la tentation de communiquer avec cette femme asiatique. Elle brise
la glace, comme on dit en québécois, et lui
lance une question banale :

- Excusez-moi madame, parlez-vous français ?

- Oui, je parle, entre autres, le français réplique la dame, en ajoutant :
- Je me prénomme Chan et je suis Chinoise. Je travaille pour une grande compagnie chinoise de produits esthétiques, principalement destinés aux femmes. Je voyage beaucoup, mais mon pied à terre est maintenant à New York où j'ai un appartement avec une vue imprenable sur Central Park. J'ai aussi maintenant une double nationalité : chinoise et américaine.
- Quelles autres langues parlez-vous, la questionne Ève, à nouveau.
- Bien sûr, je parle le mandarin, ma langue maternelle, mais je parle également l'anglais, l'espagnol et l'allemand. Et vous madame, qui êtes-vous ? Que faites-vous dans la vie ?

Adam écoute ce début de conversation. Lui qui a eu beaucoup de difficulté à apprendre d'autres langues que le français et l'anglais a toujours été fasciné par les personnes polyglottes. Et en plus, cette femme asiatique a un regard intelligent. Elle est aussi très jolie et semble posséder de belles formes féminines.

Pour le moment, il tente d'apaiser l'appel du désir. Il se contente d'écouter le dialogue des deux femmes. Ève poursuit sa conversation avec l'étrangère :

- Je m'appelle Ève, je suis d'origine africaine, comme vous pouvez le constater à la couleur de ma peau. Nous venons tous de l'Homo Sapiens, mais nous ne pouvons pas trahir nos origines lointaines. Vous avez les yeux bridés et j'ai la peau noire. Vous auriez pu naître en Amérique et moi en France, mais nos origines historiques ne peuvent être occultées complètement. Vous me demandez ce que je fais dans la vie. Comment vous répondre ? Je vous dirais simplement que je suis une femme du passé à la recherche du présent.
- Ève, tu peux me tutoyer si tu veux, car je sens chez toi une grande ouverture à l'autre.
- D'accord Chan, je vais te tutoyer, puisque je perçois également chez toi une belle authenticité. J'ai une question à te poser. Je m'intéresse à l'évolution des rapports entre les femmes et les hommes. Com-

ment ressens-tu actuellement les relations intersexuelles ?

- Ève, tu me poses là une question très difficile. D'emblée, je dois t'avouer que je suis maintenant à prédominance homosexuelle. J'ai fréquenté quelques hommes dans ma vie, mais aucun n'a suscité en moi un véritable désir. J'ai eu, depuis, quelques aventures avec des femmes et cela m'a satisfait sexuellement, du moins en bonne partie. Mais je n'ai pas encore trouvé à ce jour une véritable union des chairs et des cœurs.

- Chan, je reconnais pour ma part que je n'ai jamais eu de rapports de nature homosexuelle. Mais quelquefois dans mon imaginaire, il y a la présence d'un homme et d'une femme, une sorte de trio. Toutefois, je ne pense pas pouvoir me représenter cela dans la réalité. Mes principes moraux m'interdisent une telle chose.

- Je te comprends très bien Ève, il existe un fossé très large entre l'imaginaire et le réel. À chacun de voir ce qu'il peut se permettre ou non, de définir ses limites.

Ève est quelque peu déstabilisée par les propos de Chan. Elle ne s'attendait pas à ce que la conversation devienne si intime. De son côté, Adam est pour le moins abasourdi par la teneur de l'échange entre les deux femmes. Il se demande comment elles ont pu en arriver à discuter si rapidement d'un sujet aussi personnel. Lui qui se complaît habituellement à initier des conversations intimes, comme il l'a déjà fait avec Ève, lors de leur rencontre au parc Monceau, se retrouve face à un miroir qui le dédouble et le prive de son originalité. Mais il continue d'écouter discrètement le dialogue entre les deux femmes. Ève reprend la parole :

- Chan, y-a-t-il maintenant beaucoup de femmes qui sont comme toi, à prédominance homosexuelle ?
- L'autre jour, j'ai lu les résultats d'un sondage scientifique sur les orientations sexuelles dans les sociétés occidentales. J'ai été surprise de constater que près de 25 % des femmes se définissent exclusivement ou à prédominance homosexuelle. Et la plupart d'entre elles se perçoivent comme étant féminines. Le

même sondage indique que seulement 10 % des hommes se reconnaissent comme étant homosexuels. Plusieurs parmi ceux-ci avouent avoir des allures efféminées dans leur langage corporel.

Adam est lui aussi étonné par les résultats de ce sondage et, plus spécialement, par cette recrudescence de l'homosexualité féminine. Il peut concevoir que l'homosexualité est moins menaçante pour l'identité de la femme que pour celle de l'homme. Une femme homosexuelle ne se sent pas nécessairement moins féminine. Par contre, l'homosexuel peut se percevoir comme moins masculin que les autres hommes. Il doit composer avec le jugement négatif des hommes qui se posent comme étant hétérosexuels, par ailleurs. C'est bien connu dans l'histoire des civilisations, les hommes hétérosexuels détestent les homosexuels ou en ont peur, peur de devenir eux-mêmes homosexuels. On n'a qu'à penser à Hitler, qui a fustigé et agressé à outrance les homosexuels afin d'occulter ses propres composantes homosexuelles. Adam meurt d'envie de poser quelques questions additionnelles à

Chan, mais il laisse à Ève le soin de poursuivre la discussion.

- Chan, je ne voudrais pas m'immiscer indûment dans ton intimité, mais pourquoi es-tu devenue homosexuelle ou à prédominance homosexuelle, comme tu le dis ?
- Ève, je te l'ai dit, j'ai été amenée à préférer les femmes dans ma vie érotique parce que les hommes que j'ai connus ne m'ont pas permis d'établir avec eux une véritable complicité affective et érotique. Au lit, avec un homme, j'aurais aimé perdre totalement le contrôle, être subjuguée par la puissance virile, mais je n'y parvenais pas. Peut-être que j'avais trop de résistances ? Peut-être que je ne choisissais pas le bon partenaire ? Tout cela est très complexe. Comment départager le conscient de l'inconscient ?
- As-tu déjà eu un désir d'enfant ?
- Pour être honnête, j'ai eu un fort désir d'enfant il y a quelques mois. Mais pour avoir un enfant, il est nécessaire d'avoir une relation amoureuse stable avec une autre personne, quelle soit homme ou

femme. Idéalement, un enfant a besoin d'une mère et d'un père présents et aimants. Mais je peux concevoir que deux femmes ou deux hommes puissent donner à un enfant, qui n'est pas le produit de leurs gènes, toute l'affection nécessaire pour qu'il devienne plus tard un adulte épanoui. D'ailleurs, je connais des couples homosexuels, hommes et femmes, qui ont élevé d'une façon très adéquate un ou plusieurs enfants, qui ont acquis une belle maturité en grandissant.

Ève est songeuse. Elle, qui a toujours cru que l'éducation des enfants nécessitait la présence d'une mère et d'un père, conçoit difficilement qu'un enfant puisse acquérir toute la maturité cognitive, affective et sexuelle en étant éduqué par deux personnes du même sexe. Elle sait que dans plusieurs espèces animales, la présence du géniteur mâle n'est pas nécessaire au développement ultérieur du nouveau-né. Elle sait aussi que les enfants issus d'un couple hétérosexuel ne sont pas garantis d'un bon équilibre psychoaffectif. Il en est de même pour les enfants de mères ou de pères monoparentaux. Ève s'interroge ! Peut-

être que l'enfant a besoin pour son développement de deux personnes aimantes, peu importe leur sexe biologique ? Décontenancée,
elle regarde Adam afin de savoir ce qu'il
pense de tout cela. D'un ton très calme, Adam
lui glisse à l'oreille quelques mots :

- Ève, nous ne sommes pas ici pour
    confronter nos valeurs person-
    nelles ; nous sommes ici pour voir
    ce qui se passe en 2065.

En entendant ces paroles, Ève sourit.
Elle comprend que sa nature fondamenta-
lement féminine s'est laissée affectée par
cette évolution des mœurs. Elle se ressaisit,
par conséquent, et poursuit la conversation
avec Chan, d'un air plus serein :

- Puis-je te poser une autre question tout
    aussi personnelle ?
- Tu m'inspires confiance Ève, vas-y, je
    t'écoute…
- Quelles sont tes croyances religieuses ?
- Je n'adhère à aucune religion. Je dirais
    plutôt que je ne suis pas religieusement
    pratiquante. Enfant, j'étais une adepte du
    Bouddhisme, car mes parents l'étaient

aussi. Mue par un très fort besoin d'individuation, je suis devenue athée à l'adolescence. Mais, plus tard, au début de mes études universitaires en administration, j'ai senti en moi une force intérieure qui me poussait à croire en l'existence d'un Créateur, d'un Dieu suprême. Cela s'est produit à la suite d'un rêve nocturne. J'ai rêvé que je donnais une partie de mon cœur à une personne qui était sur le point de mourir. Un personnage venant du ciel, une sorte d'ange, m'a alors prise dans ses bras et m'a dit : « Chan, tu seras la bienvenue dans le royaume de Dieu ». Je l'ai cru et c'est pour cette raison que je suis devenue croyante. J'ai toujours cru à la puissance des rêves. D'ailleurs, il n'y a pas si longtemps, j'ai rêvé que je ferais une rencontre avec deux êtres venus d'ailleurs. Quand je vous ai vus à l'aéroport de Nice ce matin, j'ai eu l'impression de vous connaître depuis toujours. C'est très étrange, mais c'est la vérité. Je ne te dévoilerai pas le contenu spécifique de mon rêve, car cela pourrait t'effrayer.

- Un rêve horrible…? s'étonne Ève.

- Non, ni horrifiant ni cauchemardesque, mais plutôt un rêve inaccessible... et je n'en dirai pas plus.

Adam est de plus en plus intrigué par les propos de Chan. Il la regarde attentivement, et remarque qu'elle porte à l'annulaire de sa main gauche une bague mystérieuse. Sur celle-ci se trouve gravé un petit cœur. Chan détecte le regard d'Adam. Aussitôt, elle met sa main droite sur sa main gauche. Est-ce une simple coïncidence ? Est-ce que cette bague est porteuse d'un secret ? Ces interrogations qui viennent spontanément à l'esprit d'Adam. Mais il préfère pour le moment ne pas intervenir dans la conversation entre les deux femmes. Celles-ci restent muettes pendant quelques minutes. Soudain, Chan s'excuse et explique qu'elle doit aller aux toilettes. Ève en profite pour se coller contre Adam et lui donne un petit bisou, en gonflant ses lèvres empreintes de sensualité. Un érotisme à fleur de lèvres qu'Adam trouve tellement agréable.

Quelques minutes plus tard, Chan revient s'asseoir auprès d'eux. Adam note qu'un bouton de sa blouse est détaché, ce qui laisse voir une partie de sa généreuse poitrine. Est-ce pour faire de la diversion? Elle ne cache plus sa main gauche. Elle fait comme si de rien n'était, et elle adresse la parole à Ève :

- Combien de temps passerez-vous à New-York ?
- Je ne sais le pas exactement, répond Ève... Peut-être un mois ou deux.
- Avez-vous un endroit où demeurer ?
- Non, nous avons prévu de loger dans un hôtel, près du centre-ville. Nous verrons, une fois sur place.
- Si vous le désirez, vous pourrez habiter dans mon appartement. C'est un très grand logis, avec une belle vue de Central Park.
- Cela me plairait bien, avance Ève, tout en ajoutant :
- ... mais à la condition qu'Adam soit aussi d'accord. Qu'en penses-tu, mon chéri ?
- Je n'y vois pas d'objection, affirme calmement Adam.

L'avion est sur le point d'atterrir à l'aéroport de JFK. L'atterrissage se fait sans heurts. Ève, Adam et Chan prennent le taxi en direction de l'appartement de cette dernière. Il y a des bouchons de circulation, toutefois, environ une heure plus tard, ils arrivent enfin à destination. Deux heures d'avion pour franchir la distance entre Nice et New York, et presque une heure pour parcourir une vingtaine de kilomètres. L'évolution n'est pas toujours synchrone, pense Adam, tandis qu'ils descendent de voiture !

Un groom se précipite vers les nouveaux venus et les aide à transporter leurs bagages dans l'entrée. Puis il les fait monter au seizième étage, où réside Chan, avant de redescendre chercher leurs bagages. Chan précède Adam et Ève dans le couloir aux murs beige et leurs pas glissent sans bruit sur un épais tapis de couleur bordeaux. Chan compose son mot de passe sur un écran, puis elle pousse le lourd battant de la porte d'entrée qui s'ouvre sur un patio affichant de belles proportions. La jeune femme fait signe au couple de la suivre, en les accueillant de façon sympathique :

«Make yourself at ease and feel at home, dears!», soit, *"Mettez-vous à l'aise et faites comme chez vous!"*

Adam et Ève n'en croient pas leurs yeux ! Le patio, qu'ils trouvent déjà impressionnant, avec deux magnifiques palmiers nains, s'élevant de grandes jarres disposées de part et d'autre, ornementé d'une superbe desserte de style Louis XVI, donne sur un somptueux loft, à moitié vitré, occupant un grand espace. La façade de l'immeuble est entièrement recouverte d'immenses panneaux vitrés et l'appartement de Chan se trouve avantageusement dans l'aile est, s'ouvrant généreusement sur le très réputé Central Park.

Une pluie de lumière en provenance de l'extérieur envahit l'appartement presque intégralement, mettant en valeur, de façon appréciable, l'immobilier rare et raffiné disposé ici avec goût. Sur la gauche, une antique commode japonaise aux multiples compartiments offre une façade superbement ouvragée, avec des incrustations en laiton, et dotée d'un anneau conçu pour les ouvrir. Une luxueuse bibliothèque en bois d'acajou, aux nuances claires et sombres, tapisse largement le mur du fond. Quatre portes, dont deux se trouvent plus près de l'entrée et les deux autres à l'autre bout de la bibliothèque laissent supposer que cet appartement dissimule encore bien d'autres trésors. Deux énormes divans recouverts d'une toile beige, au toucher de velours, se font face, séparés par une grande table basse. Le sol du loft est entièrement revêtu d'un tapis moelleux dans lequel s'enfoncent les pieds, de façon agréable. Au plafond, de minuscules lampes incrustées permettent des jeux de lumière variés, selon l'ambiance désirée.

Chan ouvre la deuxième porte et explique à ses invités que ce sera là leur pièce attitrée durant leur séjour chez elle, puis elle leur fait faire le tour du propriétaire. La troisième porte renferme son bureau personnel et constitue une sorte de boudoir sobrement décoré. Une table, surmontée d'une belle lampe verte ainsi qu'un fauteuil de belles allures font face à une confortable liseuse. La chambre de Chan se trouve derrière la quatrième porte. Un immense lit en forme de cœur, bordé de magnifiques coussins, trône au centre de la pièce. Un miroir monumental fait face au lit et les deux pans parallèles l'entourant comportent de grands battants qui dissimulent le fabuleux vestiaire de la maîtresse de maison. De l'autre côté du lit, face au miroir, un tableau géant affiche une troublante scène de nus. Dans le dressing, des tiroirs bien rangés, des placards remplis de costumes et de robes pour diverses occasions, des pans entiers d'étagères supportant des chaussures de grandes marques… tout n'y parle que de luxe à profusion. Une porte située au fond de la chambre donne sur une salle de bains tout aussi somptueuse, avec un coin W.-C. séparé par une cloison. Chan les entraîne ensuite vers la toute première porte, qui est celle de la cuisine, grande, moderne et raffinée, conçue de façon pragmatique afin d'y faciliter la vie au quotidien.

Le groom vient de sonner et, dès que Chan lui ouvre la porte, il ramène tous leurs bagages qu'il dispose discrètement dans l'entrée, avant de s'éclipser avec le généreux pourboire que vient de lui glisser l'hôte des lieux. Adam et Ève en profitent pour déposer leurs maigres affaires dans la chambre qui vient de leur être allouée. Celle-ci ressemble beaucoup à la chambre de Chan, hormis le lit qui y est circulaire. Contre le mur surplombant la tête du lit, une toile géante dévoile une scène érotique, dessinée à l'encre bleue de chine.

Chan se retire dans ses appartements presqu'aussitôt après. Quelque peu épuisés par le voyage, Ève et Adam prennent une douche ensemble, puis s'endorment paisiblement dans les rondeurs de ce lit somptueux, qui leur est offert pour quelques jours.

Comme d'habitude, Ève et Adam se réveillent presque en même temps. Ils se dirigent vers la cuisine pour préparer le café. Mais le café est déjà prêt, et il y a sur la table des croissants et des fruits. Chan a laissé une petite note : « Excusez-moi mes amis, mais j'ai des rendez-vous d'affaires très importants aujourd'hui. Nous irons dîner ensemble ce soir, si vous voulez bien. Je réserverai une table dans un resto très sympathique, chez *L'Angelo*. Le code d'accès à l'appartement est le 1415. Une belle journée ! ».

D'un commun accord, Ève et Adam décident d'aller visiter le *World Trade Center*, de même que les sept nouveaux bâtiments qui y ont été construits à la suite de l'attentat terroriste du 11 septembre 2001. Ils désirent surtout aller à l'observatoire du *One World Trade Center*. Ils prennent un taxi, un *Yellow Cab*, conduit par un Asiatique. En route vers Manhattan, ils observent attentivement le paysage de cette grande cité. Beaucoup de gens y circulent, pour la plupart, des Asiatiques. « On se croirait presque qu'à Pékin » fait remarquer Adam, en précisant : « Je suis venu plusieurs fois ici, et je n'y avais jamais vu autant d'Asiatiques ».

Arrivé au World Trade Center, le couple y découvre un lieu impressionnant. Des immeubles gigantesques, des bassins d'eau, d'immenses arbres. Et, au cœur de cet espace surdimensionné, se trouve le *One World Trade Center*. Pour accéder à l'observatoire, il y a des ascenseurs ultras rapides. En moins de 10 secondes, ils s'y trouvent. Quelle vue splendide de New York et de sa banlieue ! Adam fait la connaissance d'un Américain qui visite également les lieux :

- Bonjour, je m'appelle Adam

- Moi, c'est Joe, j'habite Chicago et je suis de passage à New York pour quelques jours seulement. Cela fait plusieurs années que je ne suis pas venu ici. Vous savez, New York a bien changé depuis ces dernières années.

- Qu'est-ce qui a changé ?... lui demande Adam, intrigué.

- Il n'y a plus beaucoup d'Américains d'origine à New York... Ils sont presque tous partis vers d'autres villes américaines. Ce sont les Asiatiques et, plus particulièrement, les Chinois qui ont envahi la ville.

- Que s'est-il passé au juste ?

- Les États-Unis avaient un déficit budgétaire énorme, et leur principal créancier était la Chine. Les responsables du gouvernement chinois ont fait une proposition aux dirigeants des É.-U. Ils leur ont dit : « Nous annulons totalement votre dette à la condition que vous nous donniez tous les édifices gouvernementaux de New York, que vous achetiez toutes les entreprises privées, que vous nous transmettrez ». Dans un premier temps, la Chambre des représentants et le Sénat américain ont rejeté en bloc la proposition chinoise. Les sondages montraient que la plupart des Américains trouvaient odieuse cette suggestion étrangère. Certains républicains, ultraconservateurs, proposèrent plutôt de déclencher une guerre nucléaire contre la Chine. Évidemment, cela était impossible, car les armes nucléaires avaient été bannies quelque temps auparavant grâce à un accord international. Le défi était de taille et cette proposition n'offrait quasiment aucune échappatoire : ou l'économie américaine s'écroulait complètement, ou les Américains acceptaient la proposition des Chinois. La Présidente américaine de l'époque a fait un discours magistral en direction de la nation. Elle y a souligné, entre autres, que le peuple américain s'en était toujours sorti plus fort après avoir connu l'adversité, qu'il fallait savoir accepter une défaite afin de mieux redécouvrir la voie du succès. Finalement, on trouva un compromis : la proposition chinoise fut acceptée, mais pour une période de vingt années, non renouvelable.

- Mais depuis ce pacte, comment va l'économie américaine ?
- Elle n'a jamais été aussi florissante explique Joe... Libéré de son principal créancier, le gouvernement américain a mis en place de nombreux programmes pour relancer l'économie. Et cela s'est avéré extrêmement fructueux.

Adam est stupéfait par ces révélations. Quand il était enfant, il aimait jouer au Monopoly, un jeu de société d'origine américaine où on s'approprie des terrains et des maisons, et où on peut les revendre ou les échanger, si les dés ne nous sont pas favorables. La donation temporaire de New York aux Chinois lui fait étonnamment penser à ce jeu de société.

Après avoir visité le World Trade Center, Ève et Adam décident de rentrer à pied à l'appartement de Chan, afin de s'imprégner davantage de la nouvelle vie new-yorkaise. Dans les rues, il y a moins de voitures, mais de nombreux *Taxis Jaunes*, des vélos et des Chinois partout. De temps à autre, quelques

noirs Américains se faufilent parmi les pié-
tons, probablement des personnes de Harlem,
qui n'ont pas voulu quitter leur lieu de naissance. Ève et Adam marchent sans trop savoir
quelle direction prendre pour retourner à
l'appartement. Ils s'étaient dit qu'au pire, ils
prendraient un taxi, en cas d'égarement. Leur
promenade les amène dans une rue, a Street
pour être plus précis. De nombreuses femmes
en tenue sexy y déambulent. Nul doute, il
s'agit de prostituées.

Ève, toujours plus curieuse qu'Adam, veut
en savoir plus. Elle accoste l'une de ces
femmes et lui propose de la payer pour prendre un café avec eux. La femme accepte
l'invitation moyennant son tarif habituel pour
une heure. Ève lui donne son dû à l'avance.
Le trio se retrouve ainsi dans un petit café.
C'est Ève qui entame la conversation :

- Moi, c'est Ève, et toi comment t'appelles-
  tu ?
- Je m'appelle Nava. Je suis d'origine iranienne. Je travaille à New York, comme
  prostituée, depuis trois ans. J'ai fui
  l'Iran, car c'était devenu presque invi-

vable. J'ai pu immigrer à New York grâce à mon oncle qui avait de bons contacts avec les autorités chinoises. Je ne peux aller dans les autres états américains. Mon visa de résidence est valide seulement pour la ville de New-York qui appartient maintenant à la Chine.

- Est-ce que ton oncle et les autorités chinoises savent que tu pratiques la prostitution ? … l'interroge Ève.

- Bien sûr, les autorités chinoises voulaient recruter des prostituées dans d'autres pays que la Chine pour satisfaire les besoins sexuels des hommes qui s'installent à New York. En principe, je ne dois sélectionner que des clients d'origine chinoise. Mais je dois avouer que je transgresse quelquefois…

- Est-ce que tu dois remettre un pourcentage de tes gains à un proxénète ou aux autorités chinoises ?

- Je n'ai pas un proxénète, mais je dois restituer 20 % de mes gains aux autorités chinoises, en effet. Cela fait déjà trois ans que je fais ce métier. Je n'ai que 30 ans, et d'ici un an, j'aurai amassé suffisamment d'économies pour faire un autre métier. J'ai une formation universitaire en informatique, et je pourrai obtenir un travail dans mon domaine d'expertise. Mon « contrat de prostituée » avec les Chinois est de quatre ans minimum. Après, je serai libre de faire ce que je veux.

Ève est indisposée. Elle a du mal à recevoir des propos aussi crus. Elle qui a toujours pensé que la prostitution était une source d'aliénation pour la femme se retrouve devant une réalité qui froisse profondément ses valeurs. Elle jette un regard incisif à Adam pour traduire son indignation et l'inciter à poursuivre la conversation avec Nava. Adam reste calme. Il fait abstraction des soubassements idéologiques et veut en savoir un peu plus sur l'histoire personnelle de Nava.

- Nava, je m'appelle Adam. Je respecte ton choix. Ton désir de t'affranchir de ce métier de prostitution me semble louable. Mais, j'aimerais en savoir plus au sujet de ton histoire personnelle. Peux-tu m'en parler ?

- Je vois Adam que tu ne me juges pas né-
gativement. Cela me plaît ! Je vais te raconter, volontiers, des fragments importants de mon histoire. Je suis née en Iran,
et mes parents étaient des Iraniens tradi-
tionnels. J'ai grandi dans la religion musulmane. Dans cette religion, les mères
sont très valorisées, car elles sont la
porte d'entrée dans le royaume d'Allah.
Mais en contrepartie, c'est l'homme qui
décide de tout. La femme est réduite au
silence dans la sphère publique. Elle doit
se couvrir les cheveux en public et, parfois même, tout le corps, à l'exception
des yeux afin de ne pas attiser le désir
des hommes. Quand j'ai commencé mes
études universitaires en informatique,
j'ai eu accès à des sites web qui don-
naient une autre version de l'Islam. J'ai
su que le Coran ne reposait qu'en partie
sur les enseignements de Mahomet, que
plusieurs normes doctrinales de la Charia
avaient été modifiées au fil des ans, les
nouvelles annulant les précédentes. Ce
qui m'a le plus indisposée, c'est de voir
les incessantes luttes internes entre les
islamistes. Je sais que les chrétiens ont

aussi eu des conflits internes, qu'ils ont eu aussi tendance, à différentes périodes de l'histoire, à faire preuve d'un prosélytisme extrême. Dans mon pays d'origine, les sous-groupes islamiques se sont multipliés, et ce fut la tyrannie alimentée par un désordre social des plus complets. Ils se sont entretués. C'est à ce moment-là que j'ai pensé à fuir le pays. Et j'ai réalisé mon projet, quitte à me convertir en prostituée pendant quelques années.

- Je te comprends, lui réaffirme Adam, la vie n'est pas toujours un long fleuve tranquille…

Nava se lève pour partir. Ève la serre dans ses bras et Adam fait de même. Des adieux émouvants. Le destin est parfois si étonnant, peut-être qu'un jour ils se retrouveront quelque part dans l'univers céleste !

La brunante commence à pointer. Adam et Ève décident de retourner à l'appartement de Chan en prenant un *Yellow Cab*. Ils pourront faire ensuite une petite sieste avant le dîner prévu avec leur aimable hôtesse. Arrivés à l'appartement, ils se butent à la porte d'entrée. Il faut un code pour l'ouvrir. Adam se souvient que sur la note que Chan avait laissée sur la table de cuisine, il y avait un numéro. Mais ni lui ni Ève ne se rappellent de ce numéro. Laissant travailler sa mémoire, Ève se rappelle des deux premiers chiffres : 14. Adam se souvient plutôt des deux derniers chiffres : 15. Ils essaient ce numéro 1415. Et cela fonctionne ! Eureka, Eureka ! Tous les deux se mettent à rire comme des gamins. Toutefois, Adam se demande ce que peut signifier ce numéro. Il sait que même le hasard a une signification. Ce qui lui vient à l'esprit est renversant. Ce chiffre 14 est le jour d'anniversaire d'Ève et d'Adam. Et le chiffre 15 est le jour du mois de mai où ils se sont rencontrés au parc Monceau en 2015. Adam fait état de sa trouvaille à Ève. Elle se contente de sourire, tout en affirmant:

- Adam, tu as une imagination débordante !

La sieste est la bienvenue. Après s'être donné des petits bisous affectueux, Ève et Adam s'endorment dans ce beau grand lit, tout moelleux. À peine une heure plus tard, ils se réveillent, tous deux, subitement. Les yeux hagards, ils s'asseyent dans le lit et y restent muets pendant de longues minutes. C'est Adam qui parle le premier :

- Ève, que se passe-t-il ? Tu as l'air en état de choc. As-tu fait un mauvais rêve ?
- Non Adam, je n'ai pas fait un cauchemar, mais j'ai eu un rêve étrange, qui m'a bouleversé au point de provoquer ce réveil soudain. Dans mon rêve, une voix lointaine me disait que je devais faire un enfant à Chan. Et toujours dans ce rêve, je répondais à la voix que je ne pouvais faire un enfant à une autre femme. Mais la voix me répondit : « Chan est une envoyée du ciel, tu l'aideras à avoir un enfant divin. »
- Ève, j'ai fait à peu près le même rêve. J'ai entendu aussi une voix qui me disait de faire un enfant à Chan. Cette voix était si vibrante qu'elle m'a réveillé, affirme Adam à son tour.

Adam prend la main d'Ève, et il l'embrasse tendrement. Il ne sait pas ce qui se passe exactement. Ces rêves sont-ils prémonitoires ou s'agit-il plutôt de simples divagations de l'esprit ? Est-ce une puissance maléfique qui tente de les inciter à transgresser les règles du Créateur ? Il se remémore sa présence avec Ève dans le jardin d'Éden. Ils ont parlé avec le Créateur, avec Marie, avec Jésus. Ils savent que les volontés des puissances divines sont irrévocables. Adam demande à Ève ce qu'elle pense de tout cela :

- Je dois t'avouer, Adam, que je suis un peu confuse. Il est très étonnant que nous ayons fait le même rêve. Parfois, le rêve est la mémoire du futur. Attendons d'avoir d'autres révélations.

La porte principale de l'appartement s'ouvre. C'est Chan qui rentre. Elle s'enquiert à haute voix :

« Êtes-vous là mes amis ? »

« Oui, oui », lui répondent aussitôt Ève et Adam à l'unisson. Chan invite alors ses deux amis à prendre l'apéro au salon, avant d'aller au restaurant. Elle sort de son cellier une bouteille de vin rouge, un saint-émilion grand cru. C'est l'un des vins préférés d'Adam. Très bien assis sur de magnifiques sofas, ils trinquent selon l'usage, en se regardant dans les yeux. Chan entame la conversation :

- Avez-vous passé une belle journée ? Comment était votre promenade ?
- Très bien, répond Ève. Nous avons visité le World Trade Center, et nous avons été très impressionnés. Nous avons aussi appris que la ville de New York appartient depuis quelque temps à la Chine, pour une période de vingt ans.
- C'est exact Ève, je ne vous l'avais pas mentionné hier. J'espère que vous n'avez pas été trop incommodés en apprenant cette nouvelle.
- Ce n'est pas à nous de juger, souligne Adam… Nous sommes ici pour observer les changements et non pas pour les évaluer. Nous avons aussi fait la connaissance d'une jeune femme d'origine iranienne. Elle nous a parlé sommairement de ce qui se passait en Iran depuis quelques années.
- Que fait-elle ici à New York ?...s'enquiert Chan.

- Elle se prostitue et elle a un contrat de quatre ans avec les autorités chinoises. Elle en est à la dernière année du contrat. Après, elle pourra occuper l'emploi qu'elle désire.

- Vous m'apprenez quelque chose ; je ne savais pas que les autorités chinoises encourageaient une telle politique. Par ailleurs, depuis que le gouvernement chinois a pris possession de la ville de New-York, je n'ai pas eu connaissance de l'existence d'un réseau de prostitution masculine au service des femmes. Bien sûr, il y a des Chinoises qui ont des amants, parfois plusieurs amants en même temps, mais ces derniers ne sont pas des prostitués. Bref, ce qu'on appelle le plus vieux métier du monde, la prostitution, reste encore, aujourd'hui, un métier de femmes. C'est encore elles qui sont rémunérées en échange de leurs faveurs sexuelles. Et, même si je préfère les femmes sur le plan sexuel, je n'ai jamais eu recours à des prostituées, car je présume que la plupart ont une identité hétérosexuelle. Faire l'amour avec une prostituée hétérosexuelle équivaudrait à une double dégradation de celle-ci. Cela irait contre mes valeurs profondes.

Le trio déguste le bon vin dans un moment de silence. Ève ne peut s'empêcher d'importuner Chan à nouveau concernant un détail qui la travaille depuis un moment :

- Chan, tu portes une bague à l'annulaire de ta main gauche. Cette bague est très belle. A-t-elle une signification particulière pour toi ?... J'espère que ma question ne t'embarrasse pas !
- En effet, ta question est gênante... approuve Chan. C'est la première fois que j'en parle. Cette bague, je la porte depuis l'âge de 24 ans, vers la fin de mes études à l'université de Pékin. Un jour, en quête de plénitude, je suis allée dans une zone désertique pour y pratiquer la méditation. Un vieil homme ayant une longue barbe blanche est venu près de moi et m'a saluée par ces mots :
- « Salut à toi, chère princesse de Dieu ». Je ne comprenais nullement le sens de ses paroles. Il a ensuite sorti de sa poche une bague en or, sur laquelle était gravé

un cœur. Et, avant même que je ne réalise ce qui allait s'en suivre, il glissa la bague à l'annulaire de ma main gauche, et ajouta :

- « Cette bague, tu la porteras jusqu'à la conception de ton enfant. Cet enfant sera un envoyé du royaume de Dieu ».

Puis le vieillard disparut soudainement, sans que je sache comment. Je ne savais plus, dès lors, quelle était la part du réel. Avais-je rêvé ? Avais-je halluciné ? Mais la bague était bel et bien restée à mon doigt. Cela s'avéra bien réel, et je la porte toujours.

Adam est fasciné par cette histoire de bague. Il demande à Chan s'il peut lui prendre la main pour mieux la voir. Chan le regarde droit dans les yeux. Elle hésite. Jamais elle ne s'était autorisée à laisser quelqu'un examiner sa bague. Une force intérieure l'incite néanmoins à faire confiance à cet homme. Elle lui tend la main. Adam observe plus attentivement la bague. À sa grande stupéfaction, il a l'étrange sensation d'entendre les pulsations du cœur incrusté dans ce bijou. Et, au centre de ce cœur, il remarque un tout petit dessin, semblable à l'une des lettres de l'alphabet.

En rapprochant davantage ses yeux de la main de Chan, Adam discerne mieux l'inscription sur la bague : c'est la lettre *M* qui y est gravée de façon stylisée. Adam ne sait que penser. Il reste silencieux. Tout doucement, Chan retire sa main de celle d'Adam. Elle semble quelque peu mal à l'aise. Adam la comprend.

Le trio prend une autre gorgée de vin afin de se détendre un peu plus. Ève a bien remarqué les sursauts d'Adam, tandis qu'il examinait la bague de Chan, mais elle ne sait toujours pas ce qu'il a vu ni compris. Plongée dans le mystère, Ève revient néanmoins sur cette histoire de l'homme du désert, ayant passé cette bague au doigt de Chan lui ayant recommandé de la porter jusqu'à la conception d'un enfant. Il lui a également laissé entendre que cet enfant serait un envoyé du royaume de Dieu. S'agirait-il d'un nouveau prophète ? Et pourquoi avoir choisi Chan comme mère ? Plein d'interrogations trottent continuellement dans la tête d'Ève. Audacieuse, elle s'adresse de nouveau à Chan sur un point délicat :

- Chan, tu nous as dit hier, pendant le voyage aérien, que tu avais fait un rêve récemment. Dans ton rêve, il y avait deux personnes venues d'ailleurs. Et tu ne voulais pas nous en dire plus à ce sujet. Pourrais-tu aujourd'hui nous en parler davantage ?

Chan reste silencieuse quelques instants. Puis elle prend la parole, après s'être accordé un moment de réflexion :

- La nuit dernière, j'ai fait un autre rêve dans lequel une voix me disait de vous faire confiance. Je peux donc vous raconter ce rêve que j'ai fait, quelques semaines avant de vous connaître. Dans ce rêve, je faisais la connaissance d'un couple, une femme noire et un homme blanc. Je ne me souviens plus s'ils vous ressemblaient physiquement ou non. Mais je me rappelle très clairement que je voulais faire un enfant avec eux. Je ne sais pas ce qui s'est passé par la suite dans mon rêve.

Ève n'en revient pas ! Chan voudrait-elle vraiment qu'on lui fasse un enfant ? Un monologue intérieur s'ensuit aussitôt : « Comment pourrais-je faire un enfant à cette femme et par quel prodige ? Adam pourra lui faire un enfant, mais pas moi ! Et qu'est-ce qui me prouve que cet enfant sera un prophète ? » Ève est sceptique, pour ne pas dire un peu jalouse à l'idée que ce soit Adam, son amoureux, qui fasse un enfant à cette autre femme ! Elle éprouve une vive colère durant un bref instant, mais elle se ressaisit assez rapidement. Ève décide de s'en remettre au destin.

Chan s'absente pour quelques minutes afin d'effectuer des appels téléphoniques urgents. Ève en profite pour questionner Adam sur ce qu'il a vu sur la fameuse bague que porte leur hôtesse.

- J'ai observé deux choses fascinantes, explique alors Adam. Pour la première, il me semble que le cœur sur la bague palpitait. Et pour la seconde, sur ce cœur est inscrite la lettre *M*. Je crois que le *M* désigne la lettre initiale du prénom du futur enfant.

- Belle hypothèse, approuve Ève... Tout comme le *M* peut se référer à Marie, la sœur de Jésus.
- Le problème, note Adam, c'est que nous ne sommes pas des envoyés du ciel. Nous ne sommes que de simples humains naviguant dans le temps. Nous ne pouvons pas faire un enfant à Chan. Nous ne pourrons être que des intermédiaires, des passeurs.
- Excellente déduction !... observe Ève.

Chan revient au salon. Elle semble nerveuse. Elle s'excuse, elle doit partir à la hâte. Elle ne pourra aller dîner avec ses amis, car elle a un rendez-vous ultra important. Elle leur transmet les coordonnées précises du restaurant, qui se situe à deux pas de l'appartement, selon ses explications. En se fiant au nom mentionné, *L'Angelo,* Ève et Adam s'attendent à manger de la cuisine italienne. Ils trouvent aisément l'endroit en question. C'est effectivement un restaurant italien avec un menu florentin. Pourtant, tout le personnel est asiatique. La nourriture y est délicieuse. Par curiosité, Ève demande au serveur si le chef est un asiatique ou un Italien.

« Il est Chinois, mais il connaît tous les se-crets de la gastronomique italienne ! », lui ré-pond gentiment celui-ci. Le couple termine le repas en prenant un *Limoncello* des plus rafraî-chissants.

Après le dîner, Adam et Ève optent pour une promenade à pied, afin de faciliter la diges-tion. Une longue marche les amène en face de la Cathédrale Saint-Patrick de New-York. Les deux visiteurs décident d'aller s'y recueillir un instant. À l'intérieur règne une atmosphère em-plie de spiritualité. Spontanément, Ève et Adam prennent place sur un banc et se mettent à ge-noux. Tous deux rendent hommage à Jésus, à Marie et au Créateur. De longs instants de véné-ration, les yeux complètement fermés. Ève rouvre ses paupières, première. Devant elle se trouve à présent un homme âgé doté d'une longue barbe blanche. Il se tient debout, tout près d'elle. Adam ressent également cette pré-sence et ouvre les yeux, à son tour. L'homme, qui semble sorti de nulle part, leur adresse ainsi la parole :

- Je m'appelle David. Je vous connais, car
je vous ai déjà vu au jardin d'Éden. J'ai
un message à vous transmettre…

Adam et Ève regardent l'homme, et ils sont
comme envoûtés par sa présence. Ils attendent
que le vieil homme leur délivre ce fameux message. L'homme à la longue barbe blanche sort
de sa poche une éprouvette avec un bouchon
antifuite et leur explique :

- Cette éprouvette contient un fluide pro-
créateur de puissance divine. Vous devez
donner cette éprouvette à Chan, et lui
faire comprendre qu'elle doit l'insérer
profondément à l'intérieur d'elle, au milieu de son cycle menstruel. Elle le lais-
sera en elle, un quart d'heure environ,
afin que le fluide s'auto-libère, et pour
faciliter la nidation. Elle pourra ainsi
donner naissance à un nouveau messie
qui s'appellera Marie.

David remet à Adam le précieux flacon. Il
ne lui donne aucune autre instruction, et il
disparaît aussi rapidement qu'il était venu.
Ève regarde la scène. Elle sait que ce n'est
pas un mirage, car l'éprouvette est bel et bien

présente dans les mains d'Adam. Elle invite Adam à mettre le tube magique dans sa sacoche pour mieux le préserver. Une sorte de réflexe maternel ! Adam accepte sans hésitation.

Arrivés à l'appartement de Chan, ils la trouvent confortablement installée dans son salon. Elle y prend une tasse de thé, tout en lisant un livre. C'est comme si elle les attendait dans le calme. Adam brise la glace et entame la conversation :

- Comment vas-tu Chan ?
- Très bien, et vous ?
- Nous allons aussi très bien…
- Est-ce que le repas était à votre goût chez *L'Angelo* ?
- Oui, très bon !
- Et toi Chan, est-ce que ta réunion d'affaires s'est bien déroulée?
- Oui, très bien !...

Ève n'aime pas trop ce début de discussion teinté de banalités. Sa nature impulsive l'incite à aller à l'essentialité des choses. Elle prend la parole à son tour :

- Chan, ce soir, nous avons fait une rencontre extraordinaire à la Cathédrale Saint-Patrick.
- Quelle est la nature de cette rencontre… l'interroge Chan, plutôt curieuse.
- Nous avons rencontré un vieil homme à la longue barbe blanche… probablement le même que celui qui avait mis cette bague à ton doigt …Il se prénommait David.
- Vous a-t-il parlé ?
- Oui, et il nous a transmis un message
- Quel message ?...s'enquiert nerveusement Chan
- Le message disant que le temps est venu pour que tu aies un enfant.
- Mais comment faire…? s'inquiète aussitôt Chan.
- Il nous a dit comment… Cet homme nous a transmis une éprouvette contenant une semence divine, en insistant sur le fait que tu devras l'introduire au plus profond de ton vagin pour laisser le fluide s'y répandre. Et cela doit être fait pendant ta période ovulatoire et tu devras garder l'éprouvette en toi durant un quart d'heure.

- C'est vraiment curieux, car je suis actuellement en période ovulatoire... Je vais
essayer cette ponction magique, dès cette
nuit ...!

Adam s'attendait à une réaction plus défensive de la part de Chan. Ce ne fut pas le cas.
Chan savait, sans le savoir. Ses rêves lui
avaient déjà annoncé cette possibilité
d'enfantement dans un futur rapproché. Ève
sort l'éprouvette de sa sacoche, et la remet à
Chan qui l'accepte, en laissant transparaître
une sublime émotion de joie, à travers son
sourire.

La fatigue se faisant sentir, ils décident tous
les trois d'aller se coucher. Quelques petits
jeux sensuels entre Ève et Adam et, collés
l'un contre l'autre, ils se réfugient enfin dans
les bras de Morphée.

Le lendemain matin, Ève et Adam vont
dans la cuisine prendre leur petit déjeuner.
Chan y est déjà et elle a préparé le café et
quelques fruits. Elle semble être dans une
forme splendide et leur demande s'ils ont passé une bonne nuit, s'ils ont fait de beaux
rêves... :

- Oui, une très bonne nuit de repos… lui affirme Ève.
- Moi de même, mais aucun rêve… ajoute Adam.
- Et toi Chan, comment était ta nuit ? enchaîne Adam.
- J'ai dormi comme un bébé. Cela faisait longtemps que je n'avais eu une nuit aussi paisible. Mais avant de m'endormir, j'étais un peu anxieuse. J'ai suivi les recommandations que vous avait transmises David, et je crois que j'ai réussi. Dans 10 jours, je passerai un test de grossesse et je verrai si sa prédiction est juste.

Les jours qui suivent se déroulent entre la visite des merveilles de la ville de New York et des environs et les touchantes attentions qu'accordent Ève et Adam à Chan, lui témoignant ainsi leur affection autant que leur admiration.

Le temps s'écoule. Une semaine plus tard, Chan revient de la salle de bain, affichant une mine réjouie. Elle annonce au couple que son test urinaire de grossesse s'avère positif. Chacun à leur tour, Ève et Adam la serre dans leurs bras, avec émotion et tendresse. Chan pleure, submergée par un trop plein de joie et bouleversée par la présence aussi réjouissante que réconfortante de ses nouveaux amis.

- Bravo Chan ! … s'enthousiasme Ève, une fois revenue de sa surprise !
- Bravo, s'exclame Adam, à son tour.

Ils fêtent ensemble l'événement, le soir même, en se rendant ensemble dans un restaurant asiatique de belle renommé. Ce n'est pas les mets préférés d'Adam, mais l'ambiance y est tellement sympathique, qu'il a l'impression d'être encore une fois au pays des merveilles. Par ailleurs, Ève porte une robe avec un si beau décolleté, qu'il ne peut faire autrement que d'être dans un état d'attente enivrante.

Quelques jours plus tard, Chan se rend dans une clinique médicale prestigieuse afin de faire préciser le diagnostic de sa grossesse. Elle ne voulait pas se contenter d'un simple test effectué à la maison, à la va-vite. Elle voulait s'assurer de son état réel par une analyse de sang plus fiable. C'est la femme médecin, gynécologue en chef de la clinique, qui vient lui annoncer la nouvelle : « Oui madame, vous êtes enceinte, le test est très concluant ». Folle de joie, Chan ne peut s'empêcher de la serrer chaleureusement dans ses bras. Elle retourne à son appartement pour apprendre la nouvelle à Ève et Adam. Tous deux étaient là, à attendre impatiemment l'arrivée de Chan. Dès l'entrée de celle-ci dans l'appartement, ils ont su, en voyant son sourire resplendissant, que le résultat de l'analyse de sang était positif. Mais Ève l'interroge tout de même :

- Dis, Chan, es-tu vraiment enceinte ?
- Oui, c'est confirmé ! Et la gynécologue m'a dit que l'évolution embryonnaire était plus rapide que la normale. C'était pour elle une première du genre. Elle veut me suivre régulièrement, car elle pense que le développement fœtal se fera à un rythme accéléré.
- Est-ce qu'elle t'a demandé qui était le père biologique ? s'enquiert Adam.

- Non, et elle n'en saura jamais rien. Ce sera mon secret, un secret à toute épreuve, absolu. Seuls toi et Ève serez au courant.

Adam note un petit détail : Chan ne porte plus sa bague au doigt. Pour lui, c'est une preuve de plus qu'elle est bel et bien enceinte.

Ève et Adam espèrent rester suffisamment longtemps dans le futur pour assister à la naissance du bébé de Chan. Mais ils craignent de voir réapparaître bientôt l'oiseau au plumage arc-en-ciel. Ils savent que leur présence dans le futur est fortement passagère. Avant leur départ, ils aimeraient, à tout le moins, assister à la naissance de Marie, la nouvelle prophétesse, la fille du Créateur et la sœur de Jésus. Adam a une idée. Il propose à Ève un recueillement de quelques heures tous les jours à la Cathédrale Saint-Patrick, dans l'intention de rencontrer une autre présence céleste. Ève se montre quelque peu sceptique. Toutefois, elle est favorable au recueillement quotidien à l'église :

- Adam, je suis d'accord pour aller me recueillir à l'église avec toi, mais sans l'intention de rencontrer qui que ce soit.

On ne doit pas aller à l'église, prier Dieu, dans l'espoir d'avoir un quelconque bénéfice. La prière doit être un hommage à Dieu, un acte gratuit sans espoir de gratification.

- Tu as raison Ève, mon projet est égoïste. Nous irons à la cathédrale simplement pour nous recueillir. De toute façon, les desseins de Dieu sont impénétrables.

Et, chaque matin, depuis lors, à l'ouverture de la cathédrale, Ève et Adam se recueillent paisiblement pendant quelques heures. Cela fait déjà vingt jours qu'ils suivent la même routine. Le calendrier se situe vers la fin du mois d'avril. Au début du mois de mai, ils perçoivent une atmosphère particulière dans la cathédrale. C'est le mois de la Vierge Marie et on a mis en son honneur, à l'intérieur de la cathédrale, de nombreuses fleurs, des lilas surtout. Adam a toujours aimé les lilas et surtout leur arôme. Ève préfère les orchidées, et il n'y en a aucune dans la Cathédrale. Ève aimerait bien en acheter plusieurs bouquets chez un fleuriste pour les déposer aux pieds de la statue de la Vierge Marie, dans cette cathédrale. Adam est tout à fait d'accord avec cette initiative. Pas trop loin de là, se trouve justement un fleuriste qui propose des orchidées de différentes couleurs parmi ses autres marchandises. Ève a un faible pour les orchidées blanches, mais elle opte pour une plus grande variété de couleurs. Après les avoir précieusement emballées, le fleuriste place l'ensemble des orchidées dans un beau grand sac. Le couple repart vers la cathédrale pour les y déposer. Ève et Adam placent délicatement les fleurs dans un vase, aux pieds de la statue de la Vierge Marie. Puis ils s'agenouillent pour lui rendre hommage. Ils sentent en eux une sorte d'extase, un bien-être indicible. Une bonne heure plus tard, le couple quitte la cathédrale pour aller faire une promenade dans Central Park. Ils sont plutôt silencieux quand, soudain, Ève exprime son ressenti profond :

- Adam, je dois t'avouer une chose... Je n'ai jamais senti de ma vie un tel élan de spiritualité, une telle paix intérieure.
- C'est réciproque... lui affirme Adam, en écho.
- Je dois te révéler une chose encore plus importante, Adam... C'est la première

fois de ma vie où je me sens prête à mourir… Prête à mourir, vraiment, car je sais maintenant que la vie terrestre n'est qu'une étape de préparation parmi les cycles de vie tournés l'éternité.

- J'aurais pu te faire la même confidence…, murmure Adam
- Es-tu aussi prêt à retourner dans le présent, en 2015 ?
- Je le suis, et toi ?
- Je le suis aussi… lui assure Ève.

Il fait beau soleil dans Central Park. Le couple décide de s'asseoir sur un banc à l'ombre, près d'un arbre majestueux. Silencieux, ils attendent l'oiseau céleste. Une heure, puis deux d'attente, rien ne se passe. Et soudain, ils entendent un bruit dans le feuillage d'un arbre centenaire, tout près d'eux. C'est bel et bien l'oiseau au plumage arc-en-ciel. Mais celui-ci reste immobile, comme s'il est également en attente. Et puis, une lueur vive, de couleur orange, apparaît subitement dans le ciel. Elle se dirige vers Ève et Adam. Elle est tout près d'eux, maintenant. Cette lueur se métamorphose finalement en un corps humain qui leur apparaît revêtu d'une belle aura lumineuse. C'est celui d'une jeune femme vêtue d'une longue robe blanche. Elle prend la parole :

- Mes enfants, merci pour les belles fleurs !
- Êtes-vous Marie, la sœur de Jésus ?... interroge Adam, au comble de la curiosité.
- Oui, je le suis et, bientôt, je vais m'incarner sur terre afin de devenir la nouvelle rédemptrice de l'humanité
- Puis-je vous poser une question ? l'interroge Ève, tout aussi subjuguée et intriguée par l'apparition qu'Adam.
- Bien sûr, je vous connais, je vous ai déjà parlé au jardin d'Éden...
- Pourquoi avez-vous choisi Chan comme mère terrestre ? Vous aurez la moitié de ses gènes... Chan est-elle aussi une créature de nature divine ?

Marie lui répond paisiblement ceci :

- Chan n'est pas vraiment une créature divine... Elle sera seulement une mère porteuse... L'éprouvette que David vous a remise contenait la semence du Créateur qui est à la fois homme et femme. Jésus et moi sommes ses deux enfants légitimes. Il nous a créés à partir de sa propre semence. Et la semence dans l'éprouvette était une combinaison de la semence du Créateur et de ma propre semence.

Adam ne comprend pas toutes les subtilités de ce mode de reproduction… Tout ce qu'il sait, c'est qu'il faut, chez l'humain, un spermatozoïde et un ovule pour créer un embryon, un fœtus, puis un enfant. Aussi cherche-t-il à comprendre ce mystère :

- Mais j'en reviens à Chan, pourquoi l'avoir choisie comme mère porteuse ? Elle n'est pas vierge et elle est à prédominance homosexuelle.
- Vous confondez les choses cher Adam. Marie, la terrestre, a eu aussi d'autres enfants avec Joseph. Mais la Marie terrestre n'était plus alors la mère divine de Jésus. J'ai disparu du corps de la Marie terrestre, au moment même où Jésus est né au monde. Les apôtres du Christ, de même que les théologiens, n'ont rien compris à ce sujet, par la suite. Ils n'ont

pas saisi qu'il existait deux Marie, une Marie divine et une Marie terrestre.

- Et pourquoi David, qui nous a remis l'éprouvette, a-t-il précisé que Chan devait insérer le liquide divin pendant sa période ovulatoire ?...s'étonne Adam.

- Simplement afin de faciliter la nidation. Le Créateur respecte toujours l'évolution des espèces qu'il a engendrées.

- Et pourquoi avoir préféré Chan à une autre, comme mère porteuse ? insiste Adam.

- Chan a une foi inébranlable en Dieu. Elle est aussi un produit de l'évolution humaine. Si le Maître suprême l'a choisie comme mère porteuse, c'est sa volonté, et nous devons la respecter.

- Je ne comprends pas grand-chose à tout cela, mais je respecte la volonté divine, admet Adam, finalement. Une chose est sûre, vous êtes ici devant nous, et je vous rends hommage.

- Une autre question… puis-je ? interroge Ève, à son tour. L'occasion est trop belle pour ne pas en profiter en vue d'obtenir les réponses aux questions qui la taraude encore.

- Je dois partir bientôt, lui explique Marie…, mais posez-moi tout de même une dernière question.
- Pourquoi le Créateur vous envoie-t-il sur terre à nouveau ?
- Pour la même raison qu'il avait envoyé Jésus auparavant : pour réparer les péchés du monde ! D'ici l'an 2100, ce sera la grande catastrophe sur terre… il y aura de nombreuses guerres et de nouveaux génocides… Il faudra que toutes les religions qui croient en Dieu fassent alors front commun pour combattre le mal… Ce sera ma mission…
- Allez-vous mourir sur une croix comme votre frère Jésus?
- Non, je parviendrai à réconcilier tous les croyants, autrement… tel est le vœu du Créateur.

Marie disparaît, comme par enchantement. Ève et Adam ne peuvent s'empêcher de verser quelques larmes. L'oiseau au plumage arc-en-ciel vient s'installer près d'eux. Ils savent que leur voyage dans le futur est terminé. À tour de rôle, l'oiseau les regarde dans les yeux. Ils repartent ensemble vers le présent, dans l'espace-temps où ils se sont initialement rencontrés.

5.

Le retour au temps présent

De retour une nouvelle fois au parc Monceau, Ève et Adam réintègrent leur corps. Ils
ouvrent les yeux. L'oiseau au plumage arc-
en-ciel est toujours là, à leurs pieds. Il les regarde, et ses grands yeux changent soudainement de couleur. Son œil brun et son œil bleu
deviennent de couleur verte. Un vert éclatant,
qui n'est pas sans rappeler le jardin d'Éden. Il
bat des ailes, frénétiquement, comme s'il
s'apprête à faire un voyage sans retour, puis il
s'envole vers l'infini. Ève et Adam savent
qu'il ne reviendra plus. Une séparation inévitable, mais qui est en même temps porteuse

d'espoir. Ils savent maintenant qu'ils pourront le revoir dans l'éternité.

Ève et Adam se sentent perdus dans le temps. Rien ne semble avoir changé au parc Monceau. Une jeune femme passe devant eux. Adam n'hésite pas à lui demander l'heure :

- Il est 13 heures, lui répond gentiment la femme.
- Et quel jour sommes-nous ? l'interroge encore Adam.
- Nous sommes le 15 mai 2015, en plein cœur du mois de la Vierge Marie ! lui affirme la dame, avec un air d'étonnement sur le visage.

Adam, tout comme Ève, prend conscience que tout leur périple s'est situé en dehors du temps terrestre. Tous deux se demandent si tout cela n'a été qu'un rêve, une illusion, un délire. Et Adam reprend la parole :

- Ma chère Ève, nous n'avons aucune preuve de la véracité de notre odyssée. Qui pourra nous croire ?

- Tu as raison Adam ! Nous serons les seuls à détenir certains secrets concernant les origines et le futur de l'humanité.

Ève et Adam restent là, immobiles, le regard hagard. C'est Ève sort la première de cet état de torpeur. Elle regarde autour d'elle. L'immense arbre est toujours là. Elle sent l'arôme des lilas, recherche du regard les traces laissées par l'oiseau au plumage arc-en-ciel. Ses yeux accrochent soudainement un petit objet brillant. Intriguée, elle se lève du banc et va l'examiner de plus près. Ce qu'elle y trouve la renverse de consternation. Il s'agit d'une petite bague, qu'elle prend dans ses mains aussitôt. Ce bijou est serti d'un petit cœur. Ève s'affole.

« Adam, Adam, Adam, regarde ce que je viens de découvrir... ! », s'exclame alors Ève. Adam vient observer la bague à son tour, et y remarque la lettre *M* stylisée sur le cœur.

- Ève, mais c'est la bague de Chan ! Nous avons là, semble-t-il, une preuve tangible qui atteste de la réalité de notre excursion dans le futur. Reste à expliquer aux autres comment le futur peut être un gage du présent.

- Mais la notion du temps est bien relative, lui réaffirme Ève... Nous étions alors dans un temps prémonitoire. C'est comme si le temps présent devançait le temps futur, finalement.

Adam n'en revient pas de la sagesse acquise par Ève. Ses réflexions sont dignes d'un grand penseur. Par la même occasion, il se demande pourquoi les grands philosophes de l'humanité ont été, tous ou presque, de sexe masculin. On n'a qu'à penser à Socrate, Aristote, Platon, Spinoza, Descartes, Sartre, etc. A-t-on trop privilégié la rationalité, l'intelligence cognitive, au détriment de l'intelligence affective ? Adam ne sait que répondre à sa propre interrogation. Chose sûre, sa traversée dans le temps passé et futur lui aura permis de répondre à plusieurs questions fondamentales qui lui importaient sur le sens du masculin et du féminin. Il fait part à Ève de ses inquiétudes concernant le destin de cette fameuse bague prophétique :

- Ève, que ferons-nous de cette bague ?

- Je ne sais pas… Nous pourrions aller la montrer au Père de la chrétienté, au Saint-Père ? Mais je ne suis pas vraiment certaine que ce soit une si bonne idée.
- Pourquoi ?... s'étonne Adam à propos de cette réserve émise par Ève.
- Parce que l'Église catholique est porteuse de dogmes qui ne correspondent pas à ce que nous a permis d'apprendre cette odyssée. Nous serions probablement perçus comme des hérétiques.
- Mais notre Saint-Père actuel, le bon pape François, est très ouvert d'esprit. Je pense qu'il pourra bien nous accueillir…, insiste Adam.
- Oui, je suis d'accord avec toi Adam… François est un grand pape, peut-être l'un des plus grands, mais il porte encore sur ses épaules tout le poids des traditions. Il ne peut, à lui seul, changer le cours de l'histoire chrétienne.
- Alors, que ferons-nous de la bague ? s'interroge encore Adam.
- Je ne sais pas ! Une suggestion peut-être, Adam ?

Adam réfléchit. Et plus il cogite, plus ses idées s'entremêlent. Il cherche une solution simple qui, en premier lieu, respectera la volonté du Créateur. Il est confus, et il s'en remet à Ève :

- Je ne trouve pas d'idée, vraiment, pouvant répondre à cette question ! reconnaît-il, impuissant, au bout d'un moment.
- Ève, songes-tu à quelque chose qui puisse nous aider à résoudre ce puzzle ?
- Oui, Adam, j'ai peut-être une autre solution… On devrait tout simplement enterrer la bague dans le parc Monceau et faire en sorte que personne d'autre ne connaisse notre histoire.

Pendant qu'ils discutent du sort de la bague, une jolie femme passe devant eux. Elle promène son chien, un magnifique saint-bernard, et porte au cou un somptueux collier de diamants. Elle aperçoit la bague qu'Adam tient dans sa main et s'adresse à lui, sans la moindre hésitation :

- Quelle belle bague vois-je là ! Je suis collectionneuse de bijoux et, plus précisément, de bagues. J'assiste à des expositions un peu partout dans les grandes villes : Paris, New York, Madrid, Londres, Rome... pourriez-vous me laisser voir cette rareté de plus près ?

- Il n'en est pas question..., cette bague n'est pas à vendre, lui rétorque aussitôt Adam, quelque peu irrité par cette démarche insolite de l'inconnue.

- Vous voyez mon collier de diamants... Il vaut une fortune. Si vous me laissez examiner votre bague, je suis prête à vous donner mon collier en échange et bien plus encore.

Ève s'y connaît en joaillerie. Elle jette un coup d'œil au collier de la femme et obtient la certitude que cela n'a rien d'une pacotille. D'ailleurs, elle n'a jamais vu de diamants aussi étincelants. Ève est intriguée par la présence de l'inconnue, très curieuse même. Elle est tentée de connaître l'avis de cette femme au sujet de la bague enchantée :

- Madame, cette bague n'est pas à vendre, mais vous pouvez la regarder de plus près et nous dire ce que vous en pensez.

Adam n'est pas trop d'accord avec la proposition d'Ève. Mais comme il respecte son jugement et sa curiosité intuitive, il ne manifeste pas son opposition de façon directe. Il glisse alors la fameuse bague dans la main tendue de l'étrangère, après que celle-ci ait confié à Ève son collier de grand prix.

- Un superbe joyau ! s'écrie la dame, d'une voix extasiée, après avoir observé le bijou sous tous les angles... Pour l'achat de cette bague, je suis prête à vous donner mon collier et le montant d'argent que vous désirez... leur offre, à leur grand étonnement, cette femme, aux yeux luisants de convoitise.

La dame remet la bague à Ève. Intriguée, elle se demande pourquoi l'inconnue lui rend le joyau à elle, alors que c'est Adam qui le lui a confié. Ève suspecte un piège. Une forte émotion l'envahit subitement. Ce pourrait-il que cette femme soit une envoyée de Satan...? se demande-t-elle enfin, anormalement suspicieuse. Elle tente de confondre l'inconnue, dès lors :

- Madame, nul trésor humain ne pourrait équivaloir à cette bague. Et, seule, une puissance démoniaque serait disposée à posséder ce bijou venu sur terre par la volonté divine. Vous être un être fourbe et vil ! Allez rejoindre les puissances du mal et laissez-nous en pax.

À ces mots accusateurs, la femme se répand aussitôt en propos contestataires :

- Le bien n'existe pas ! L'humain est régi par le mal. Toutes les guerres et les tyrannies sont là ou dans les mémoires pour en attester. Cette bague est l'incarnation du Bien et elle doit être détruite.

Ève restitue le collier de diamants à sa propriétaire, d'un geste brusque, puis elle pose ses lèvres sur la bague et l'embrasse avec ferveur, tout en observant cette femme intrigante. Le saint-bernard se met alors à japper avec fureur, une bave nauséabonde sortant de sa bouche. La femme se met à pousser des cris monstrueux à son tour. Un nuage de feu surgit soudainement au milieu d'eux. Le chien et la femme y disparaissent en une fraction de seconde. Ève se met à trembler de tout son corps. Une peur indescriptible vient l'habiter, une fois que s'est envolé ce couple infernal constitué par la femme et le chien. Adam la prend dans ses bras pour la rassurer et l'apaiser :

- Ne t'inquiète pas…, lui murmure-t-il d'une voix réconfortante… Nous venons d'être tentés par les puissances du Mal. Comme tu le vois, nous avons réussi à les démasquer et nous avons triomphé. Elles sont loin maintenant, tranquilise-toi…!

- C'est vrai ce que tu dis, Adam, il n'empêche que ma curiosité a failli nous perdre, cette fois-ci. Après tout ce que nous avons vécu, j'aurais dû me douter que les forces des ténèbres sont constamment agissantes. Je suis naïvement tombée dans le piège. Le Créateur ne doit être très fier de moi en ce moment.

- Ne t'en fais pas trop pour cela, Ève. C'est tout de même toi qui as confondu cette sorcière satanique, en fin de compte…

Ces paroles d'Adam apaisent progressivement Ève. Elle tient toujours dans ses mains la bague de Chan. Adam reprend alors l'idée d'Ève consistant à enterrer le joyau divin, ici même, dans le parc Monceau, au pied de l'arbre où ils l'ont découverte. Mais Ève est hésitante. Elle n'est plus sûre que ce soit la bonne initiative :

- Adam, je crois sincèrement que le vœu du Créateur est que nous fassions disparaître cette bague sacrée, mais pas en l'enterrant dans ce lieu profane.
- Pourquoi es-tu si convaincue que le Créateur veut que nous fassions disparaître cette bague ?
- Parce qu'une puissante force intérieure m'inspire en ce sens... soutient enfin Ève, avec assurance.

Adam se demande pourquoi le Créateur voudrait faire disparaître la bague sacrée, alors que c'est lui-même qui l'a mise à leur disposition par l'entremise de l'oiseau céleste. Serait-ce tout simplement pour tester leur foi en lui ? Adam se demande aussi pourquoi les puissances maléfiques s'intéressent tant à cette bague. Il fait part à Ève des ses réflexions. Ève croit que l'énigme ne peut être résolue par la raison :

- Adam, seules nos voix intérieures peuvent nous aider à résoudre ce mystère. Essaie d'aller dans ton intériorité profonde, et trouve la solution.

Adam essaie d'entrer dans son être primitif, dans son inconscient le plus secret. Une image hypnagogique apparaît enfin à son esprit : l'image de deux mains fermées l'une sur l'autre. Une autre image se précise, celle d'une aura qui recouvre les deux mains.

- Ève, je pense avoir trouvé…
- Je vais déposer la bague sacrée dans le creux de ma main droite. Tu vas ensuite refermer ta main droite sur la mienne. Nous allons serrer nos deux mains, tout en louangeant le Créateur. Une fois cette adoration faite, nous allons rouvrir nos mains. Nous verrons alors ce qu'il adviendra de la bague.
- Ton plan est ingénieux…, s'enthousiasme Ève.

Adam traduit son intuition dans la réalité. Il place la bague dans sa main droite et Ève la recouvre de la sienne. Tous deux louent à voix basse la mémoire du Créateur de façon fervente et intense : « *Seigneur Dieu, Dieu tout-puissant, nous avons foi en vous...* ». Pendant un bon moment, peut-être une demi-heure plus, ils vénèrent ainsi le Dieu de tous les univers. Ils ne voient pas vraiment l'auréole qui encercle peu à peu leurs mains liées, mais ils la devinent. D'un commun accord, ils décident enfin d'ouvrir leurs mains. La bague sacrée a disparu et Ève ne peut s'empêcher de s'écrier :

- Adam, nous avons réussi, la bague s'est envolée...!

Ils regardent attentivement autour d'eux. Aucune trace de la bague. Main dans la main, ils demeurent assis sur le banc et attendent l'inattendu. Il ne se passe plus rien. Ils ressentent tous deux, à présent, la même sensation de finitude. Ils prennent alors conscience que leur odyssée est bel et bien terminée.

Adam éprouve soudain l'angoisse de ce moment de vérité où s'imposent les choix décisifs de la vie. Maintenant qu'ils ont assouvi leur quête de vérité, qu'adviendra-t-il de cette relation privilégiée qu'ils ont pu établir. Ève perçoit la tristesse de son compagnon. Elle essaye d'accrocher son regard qui semble fuir le sien en cet instant, puis elle se lève et lui dit, sans plus le regarder :

- Adam, nous avons parcouru ensemble un chemin hors du commun. À présent, je comprends que tu te sentes un peu perdu et que tu cherches à savoir quelle place tu veux donner à notre relation dans ta propre existence. Voici ce que je te propose. Je vais faire un petit tour du parc, seule, pour te laisser réfléchir. À mon retour, je viendrai vers toi. Si tu veux toujours de moi, ton regard me le dira. Autrement, je m'en irai, sans me retourner, et tu n'entendras plus jamais parler de moi.

- D'accord Ève, faisons comme cela, acquiesce Adam, d'une voix peu convaincante.

Ève est déjà partie. Elle ne lui laisse pas le temps de se ressaisir, ni même de lui demander d'attendre. Cette femme qui sait exactement ce qu'elle veut a également besoin que l'autre, celui en qui elle a placé sa confiance, se prononce sur la suite qu'il souhaite donner à leur histoire, sans l'ombre d'un doute.

Elle avance sur les sentiers ombragés de ce havre de verdure, l'esprit étrangement détendu. Quoi qu'il advienne, elle aura vécu une expérience extraordinaire auprès d'un homme exceptionnel. Bien entendu, pouvoir poursuivre ses jours à ses côtés serait pour elle un grand privilège, une forme d'aboutissement de l'œuvre, qu'ensemble, ils ont initiée, façonnée et accomplie. Toutefois, la vie lui a souvent appris que rien n'est jamais acquis, qu'aimer, c'est aussi savoir laisser aller l'autre. Aussi se contente-t-elle de boire toute la lumière des cieux, toute la beauté de ce lieu empli de vie, essayant de se fondre dans l'harmonie ambiante, afin de se préparer au meilleur comme au pire. Se régénérer coûte que coûte ! Telle est la seule option acceptable alors pour celle qui sait qu'à mesure qu'elle avance, chacun de ses pas la mène vers l'inévitable. Cette vérité qu'elle devra accepter, qu'elle soit douce ou amère.

Une heure plus tard, tandis que le soleil commence déjà à décliner à l'horizon, et que le ciel tente vainement de retenir ses derniers rayons de lumière, Ève se retrouve à moins de trois mètres du banc où l'attend Adam. Celui-ci a eu le temps de faire un petit tour, mais il est vite revenu au point de rendez-vous pour ne pas manquer le retour d'Ève. Non, il ne se serait pas enfui sans lui dire au revoir, quoi qu'il en soit. Dès qu'il la voit, se rapprochant de lui toujours plus, il baisse les yeux un instant, le temps de se composer un visage digne de ce moment unique, lourd de sens, de conséquences. Mais Ève a déjà tourné les talons avant même qu'il ne relève la tête, pensant avoir compris la signification de ce geste. Le langage corporel est parfois si paradoxal. Ève est persuadée que s'il persiste à fuir son regard de façon insistance, c'est nécessairement parce qu'il ne parvient pas à lui dire ce qu'elle souhaite entendre et, donc, qu'il hésite ou qu'il ne veut plus d'elle dans sa vie.

Adam ne met pas longtemps à comprendre ce qui se passe. Ève s'en va, sans plus chercher à l'entendre. Il se lève aussitôt et se met à courir, aussi vite que le lui permettent ses jambes. Il la rattrape rapidement, au moment même où elle s'apprête à tourner vers la gauche pour rejoindre l'allée principale qui mène à la sortie du parc. Adam pose une main sur l'épaule de sa complice des moments privilégiés récemment vécus, encore si frais dans sa mémoire :

- Ève, arrête ! Ne t'en va pas comme ça... !

Ève s'immobilise presque instantanément, fait volte-face, et se retrouve dans ses bras. Il ne lui laisse pas le temps de l'interroger davantage, l'attire tout contre son torse, relève doucement son visage et lui permet d'y lire ce qu'aucun mot ne saurait lui dire. Confuse et ne sachant que répondre à l'émotion torrentielle que reflète alors le beau regard d'Adam, elle l'embrasse, tout simplement. Ils restent ainsi enlacés, pendant un moment, puis ils se dirigent ensemble vers les battants du parc, juste avant qu'ils ne se referment sur cette journée extraordinaire vécue hors du temps humainement quantifiable.

Ensemble, ils s'éloignent de ce lieu féérique situé au cœur de Paris. Que deviendront-ils? Des époux, des amants, des amis ?

Chose sûre, leur mémoire et, surtout, leur inconscient, ne pourront jamais occulter ce merveilleux voyage qu'ils viennent d'accomplir en binôme. Raconteront-ils aux autres, à leurs enfants, à leurs amis ou à des représentants ecclésiastiques ce qu'ils ont vécu ? Peut-être se contenteront-ils simplement d'écrire le récit de leur fabuleuse odyssée sous une forme romanesque ?

~ Fin ~

www.ingramcontent.com/pod-product-compliance
Lightning Source LLC
Chambersburg PA
CBHW030631030726
47497CB00006B/1728